青春美文系列

扬一帆年华，拾一串落花

余显斌 著

世界图书出版公司
北京·广州·上海·西安

图书在版编目（ＣＩＰ）数据

载一帆年华，拾一串落花 / 余显斌著 . —北京：世界图书出版有限公司北京分公司，2018.12
（青春美文系列）
ISBN 978-7-5192-5223-6

Ⅰ .①载… Ⅱ .①余… Ⅲ .①散文集—中国—当代 Ⅳ .① I267

中国版本图书馆 CIP 数据核字（2018）第 243141 号

书　　名	载一帆年华，拾一串落花	
	ZAI YI FAN NIANHUA, SHI YI CHUAN LUOHUA	
著　　者	余显斌	
责任编辑	詹燕徽　　陈俞蒨	
装帧设计	黑白熊	
出版发行	世界图书出版有限公司北京分公司	
地　　址	北京市东城区朝内大街 137 号	
邮　　编	100010	
电　　话	010-64038355（发行）　　64033507（总编室）	
网　　址	http://www.wpcbj.com.cn	
邮　　箱	wpcbjst@vip.163.com	
销　　售	新华书店	
印　　刷	三河市国英印务有限公司	
开　　本	710 mm×1000 mm　1/16	
印　　张	15.5	
字　　数	199 千字	
版　　次	2019 年 1 月第 1 版	
印　　次	2019 年 1 月第 1 次印刷	
国际书号	ISBN 978-7-5192-5223-6	
定　　价	48.00 元	

目　录

第六辑　隐居清风明月里

第一辑

翰墨的馨香

千年的徽墨

一

想象中，徽墨是墨中女子，含蓄、细腻、内敛，像极了黄梅戏中的白娘子，水袖轻扬，给人一种典雅、美丽之感。

想象中，徽墨是墨中之王，温润、洁净、一尘不染，让人一握在手，沁心透手，形神俱醉。

想象中，在墨的世界里，徽墨如一阕小词，如李清照的小词，婉约中不失刚健，舒美中富有骨气。

徽墨将实用、优美和艺术融为一体。坐在小小的书斋中，面对这样一块小小的墨，一颗心，如走进一片艺术的月光中一般，蹁跹起舞；如一朵墨梅，淡然开放，馨香飘荡。

一块墨，是一本竖行文字的书。

一块墨，是一首唐人的绝句。

一块墨，让人心净如洗。

能让人有此感受的，也只有徽墨。

二

徽墨和徽派文化其他元素一样，精美、自然、雅致，如一朵白莲淡然开放在田田的莲叶间；如一溪活水，潺潺缓缓地流淌在月光下。

我喜欢浸染着徽文化气息的小巷。一个人，一把伞，在这样的小巷中静静地走着。小巷的墙上，翘起的雕花檐头，还有精美的花砖，给人一种古朴久远的感觉。高高的风火墙上，或冒出一枝葳蕤，或开出几朵芬芳，或扯出一片青绿，都那么美，美得就如黑白片子里的风景。这时，再有蜘蛛丝一样的细雨，扯天扯地地下；再有卖花姑娘，从雨中小巷轻轻走过，叫一声"卖花哦"——一切都如古典岁月的回放，或者是向古典岁月的穿越。

这些都是徽文化的自然之美，自然如月光在水，花香在鼻。

受徽文化影响的亭子，总是那么悠然地点缀在山水间，如一颗美人痣，小巧，又恰到好处。人在亭中，手扶栏杆，放眼远望，天蓝如水，水净如天，一两朵白云在天上飘过，映在水里。一颗烦乱的心，此时也随着白云飘过，一直飘到天的尽头，水的尽头。

那桥如玉带一样，一高一低，一起一伏，横在水上，曲折有致，玲珑多变。桥下的桥洞，有的如瓶，有的呈六角状，有的如月——一只船穿过桥洞，划船的人，也产生一种进入月亮里的感觉。

水面上总有荷叶田田，贴水而绿，娴静端雅，如江南的女子，风致典雅。

岸边总有树，绿如薄烟。女孩的叫声从绿烟中传来，悠悠扬扬的，丝绸一样缠绵，流水一样细腻，白云一样洁白。

但是，这些之中，最让我沉醉的仍是徽墨。这，大概因为我是一个读书人吧。

三

笔墨纸砚，自古被称为文房四宝。

中国文化之所以能一脉贯之，从未断绝，这四样起着重要的承载作用，缺一不可。一个文人，手执羊毫，蘸墨，运笔，云烟落纸，一个民族的文化也因之活色生香，也因之水汽淋漓，也因之成为一种美。

我每次拿起笔时，思绪总会回溯到很久以前。眼前，总会出现一个青衫士子，拈墨磨砚，不急不缓，一凹墨汁，如漆一般。这时，有红袖铺纸，或拿一镇纸，压在宣纸上。一支笔蘸饱墨，落在纸上，笔走龙蛇，或清秀，或敦厚，或清瘦的字也落在纸上。竖行的汉字世界，也因之生动起来。

笔在文房四宝中最早出现，也最早成为一种文化。湖笔是这方文化的代表，它秀挺、细长，如一个书生，背手而立，站在千年历史的深处，站成一道抹不去的风景。

砚台后来居上，放在文人案头，有端砚、歙砚、澄泥砚、洮砚，四砚登场，难分高下，平分秋色。

至于纸，我认为应以玉版纸为最，《绍兴府志》曰，"玉版纸莹润如玉"，也是最好的例证。

而墨呢，一直显得一般，显得普通。

这时，徽墨出现了，它如一个绝色女子，登台一唱，倾国倾城；却扇一顾，让人沉醉。从此，墨中代表，以徽墨为最。

徽墨一出，历代文人赞不绝口，吟之诗歌，见之史册。

何薳在《墨记》中提起徽墨，感慨道："黄金易得，李墨难求。"他赞颂的是徽墨大家李廷珪的墨，他赞颂的更是徽墨的贵重、稀有，以及它受文人墨客欢迎的程度之高。

大文豪苏轼，诗词书画无所不精，用遍墨锭，最重徽墨。贬谪海南后，他竟童心发作，仿制徽墨不成，引起大火，烧掉了自己的房子。制徽墨的高手中，他首推潘谷，在其酒醉落水而死后，写诗悼念："一朝入海寻李白，空看人间画墨仙。"将潘谷与李白并列，将徽墨与诗歌并重。

对于制墨大师评价最高的，莫过于大文人董其昌。谈到著名的制墨大师程君房，他不吝赞美之词："百年之后，无君房而有君房之墨；千年之后，无君房之墨而有君房之名。"这是在赞颂程君房之名流传千古，也是在说徽墨将成为历史的一座丰碑。

今天，当我们仰望这座丰碑时，犹能嗅到千年翰墨的馨香。

四

周作人在他的小品文中写道："非人磨墨墨磨人。"而且谈起自己珍藏的墨，如数家珍。其中有一锭为邵格之所制。邵格之是明代徽派制墨大家，休宁派代表人物，其墨为文人爱物，史书谈之曰："玄文如犀，质如玉。"而四百年后的周作人，在谈到自己的那锭墨时，依然用"黑亮如漆"赞之。

徽墨和徽派文化中的其他元素相同，重内涵，重质量。历史上谈到徽墨者甚多，尤其关于制墨大师李廷珪的墨，曾记载下两件事，至今读来，让人惊叹不已。

其一谈到，宋代徐铉，幼年得一李墨，和弟弟磨用十年，可算得经久耐用。而且，磨过的墨锭，利如刀刃，可裁纸张。

这，简直是墨中传奇。

更有传奇色彩的是，《遁斋闲览》中记载："祥符中，治昭应宫，用廷珪墨为染饰，有贵族尝误遗一丸于池中，逾年临池饮，又坠一金器，乃令善水者取之，并得墨，光色不变，表里如新。"这，即使放在今天，亦难达到。

随着徽墨一天天发展，墨的制造技术也日益精良，"龙香剂""松丸"，材料不同，制法不同，效果各异，但有一样是相同的，它们都是文人的爱物。

有人赞徽墨，"拈来轻，嗅来馨，磨来清"，是说其色质；有人说徽墨，"丰肌腻理，光泽如漆"，谈的是手感与视觉冲击；也有的赞其"十年如石，一点如漆"，则说其结实耐用，效果绝佳。

徽墨若是女子，则其骨清奇，其色绝妙。

徽墨若是文章，则其内涵深广，耐人品评。

五

徽墨不说内里质地，单就外形来看，也是一件艺术品。周作人收藏的徽墨，不是用于写作——他舍不得，而是藏于书房木格中。他将其视作珍宝，劳累后拿出来看看，养养眼，润润心。

我曾在一位画家朋友处见一锭墨，黑亮如漆，问道："画画用的？"

他眼一瞪："画画？你可真舍得！"说完，他拿起墨锭让我细看——黑如墨玉，无半点瑕疵，上用金色凹雕四字：黄山松烟。其他殊无装饰，墨形颀长方正，如玉在深山，女藏闺中，让人感到洁净端庄、清秀脱俗。

朋友说，这是去旅游时买的有名的徽墨。说完，他用手抚摸着它，那种陶醉、那种投入，如恋人玉手在握一般，道："画累了，摸一下，清清手。"我接过墨握握，真是怎一个"清"字了得！手中如握水晶，清心透手，直入灵魂。

周作人的徽墨为宝塔状，老夫子大夸特夸，得意之情，溢于言表。

徽墨，重视质地，更重视外形，它将绘画、书法、雕刻集于一体。因此，徽墨书写时为墨，清闲时为观赏小品。其形其态，精美绝伦，难怪古人谈到徽墨时也惊叹不已："其雕镂之工，装式之巧，无不备美。"

一锭墨，浓缩着一个民族的文化。

一锭墨，是一门国学。

一锭墨，将中国特色的雕刻、装饰艺术浓缩在一块儿，让人叹为观止。

徽墨，不仅仅是一锭墨，更是徽文化的一枚邮戳，也是中华文化的一枚邮戳。

六

古人谈到墨，曾说过："有佳墨者，犹如名将之有良马也。"

当读书人拿着一锭徽墨，在砚台的凹槽里轻磨时；当他们坐在书案前，饱蘸浓墨，奋笔疾书时；当他们将一朵朵墨梅落在纸上时——他们在心中一定会暗问，是谁，在千年的云烟里用尽心思？是谁，对着松烟在苦思冥想？

今天，当我们翻过几千年的文字，行走在汉文化的小巷里时，我们也不由得在心里慨叹，是谁，让这些历经数千年的文字仍黑亮如新，仍馨香四溢？

这些，都是因为墨工啊。

这些，都是因为墨啊。

数千年的汉字，书写着数千年的历史。有着数千年历史的书写，离不开墨工，离不开墨，尤其离不开精妙的徽墨。

虫鸣，心灵的露珠

一

在乡村，傍晚走在田埂上，或者山道上，暮色渐浓，远处，一缕炊烟升起，夕照中，清楚如碳素笔画上的一般。

此时，四野响起虫鸣，这儿一声那儿一声，渐渐密集起来，清脆、干净，就如一粒粒挂在草尖上的露珠一般，一闪一闪的，圆润、光亮。

一颗疲累的心，也在虫鸣声中浮上一片蒙蒙水意。陶渊明辞官归里，锄豆南山，月夜归来，写诗道："夕露沾我衣。"我想，那不是露珠，而应是虫鸣吧？

是的，我一直觉得，虫鸣是带着一种露珠的水意，带着一种土地的湿气的，因为它从土地里来，是最先感觉到地气的。刘方平在诗中说："今夜偏知春气暖，虫声新透绿窗纱。"这就是最好明证。

在所有的虫中，最能代表田园山居的，我认为，应当是蟋蟀。

蟋蟀出现在八月左右，因此，谚语道："秋天到，蛐蛐叫。"

童年时下午读书回来，常是黄昏，一片夕阳下，我们跑着、叫着，路边沟坎里、石头下，或者草根中，蟋蟀的叫声一声声流荡出来。有时，我们会扒开草丛或石头，声音就在耳边，蟋蟀却无论如何都找不见。有一次在父亲保存的小学课本里，我读到一篇题为《明明上学》的课文，写一个叫明明的孩子上学，听到蟋蟀叫，去捉。这时，同学小文喊他，还不快走，要迟到了。两人忙去学校，走进教室，铃就响了。

读到这篇课文，一颗心又回到童年，回到稚声读书的岁月。感谢一只只小虫，让我们记住童年，记住乡野和我们捉蟋蟀的样子。

那时，我们很小，很顽皮。

二

无论走多远，我们也走不出童年，走不出儿时那块土地。

当我们劳累时，蟋蟀声在耳边叫着，让我们得到刹那的解脱。

当我们心灵染满尘埃时，蟋蟀的叫声，让我们的心地一片清明。

住在小城，早已远离那块土地，还有旧时人事。一天黄昏，房子里突然响起虫鸣，一身繁重消失一空，到处寻找，虫鸣是从花盆中传出来的。原来，最近种花，花农给了新土，也带进一只蟋蟀。

感谢虫鸣，送给我一片熟悉的土地，送给我童年的回忆，也送来了古诗的意境。

在古诗里，最早出现蟋蟀的，大概是《诗经》，里面道："十月蟋蟀入我床下。"这句，城里人理解不透，蟋蟀的叫声怎么能从床下发出？农村是土墙，蟋蟀能沿着墙根进屋去。有时半夜，蟋蟀叫从床下突然响起，这时醒了，翻个身，在蟋蟀的叫声中又不知不觉睡去，很美。

古人，是很会享受虫鸣的。

现在的我们物质富裕了，可心却累了，没有了那种欣赏虫鸣的闲情逸致。

三

斗蟋蟀，最早见于姜夔《齐天乐》："蟋蟀，中都呼为促织，善斗。"由此可见，当时就有斗蟋蟀的风俗。

而以斗蟋蟀闻名的，一个是贾似道，另一个是宣德皇帝。

当时元军虎视南方，襄阳被围，南宋的残山剩水已如黄昏残照，而身为权臣的贾似道却整日躲在葛岭半山堂，日日斗蟋品虫，直到把那片江山葬送方罢。

至于明朝宣德皇帝，和贾似道相比，有过之而无不及。

王世贞在《国朝丛记》中写道，宣德皇帝曾敕苏州知府况钟上交一千只蟋蟀，以至于当时间巷间流传谚语："促织瞿瞿叫，宣德皇帝要。"

明朝以后，清朝继之，八旗子弟领一份官饷，整日以斗蟋蟀为务，把祖宗那种金戈铁马之气竟演绎到蛐蛐笼中，也算不坠祖风了。

斗蟋蟀，是蟋蟀一厄。世间争斗太多，人们竟突发奇想，将这种欲望转嫁在虫的身上。

每每读到这些，我都会长声叹息，眼前又一次出现一幅画：一个诗人独坐小船，夜晚远眺，看夜景如水，听虫鸣如露。这时，一点烛光晃动，故园之思悠然上心，我挥笔写下："萧萧梧叶送寒声，江上秋风动客情。知有儿童挑促织，夜深篱落一灯明。"

多好的虫鸣啊，露珠一样清明，静夜闻之，让我们想起故园，想起童年，想起晚归的牧歌。这时，我们的心，青草一样嫩绿，荷花一样洁白。

读书养心

一

读书，能养心。

现世红尘的枷锁太重了，我们想要得到的东西太多了，因而很累，不是身体累，而是心累。每天起床，要上下奔走，要四处经营，要看上司的脸色，要和他人应酬，一颗心在争名夺利的道路上疲于奔命，无一刻安闲。这时，也唯有书能让疲累的心喘息一下。

心如果是驿马，书就是驿站。

心如果是漂泊的小舟，书就是宁静的港湾。

有时，劳累之时，我常常默默地坐在椅子上，拿一本薄薄的书看上两页，让心走出红尘，走入那片文字的花园，在想象里或倚着山，或登高观日。一篇看罢，抬头看天，天晴如水，云白如纱。这时，一个人也轻悠悠的，如同一丝浮云，不沾染一点儿灰尘，不沾染一点儿污垢。

古人言："因过竹院逢僧话，又得浮生半日闲。"这是说尽了养心的好处的。可惜，现实生活里，高僧难遇，古寺罕求，那么，我们为什么不寻求于书呢？一册书，就是一位高古的僧人，就是一声洗心的佛号，就是一声清亮的晨钟。

有高僧宣偈语道："身是菩提树，心如明镜台。时时勤拂拭，莫使惹尘埃。"在红尘，我们的心就是一朵莲花，世俗得失就是尘埃，就是灰土，不时地沾染着我们的心灵。要让心空灵，让心洁净，最好的方法就是读书——书中每一个文字就是一颗露珠，能润泽心灵那朵荷花；书中每句话都是一丝雨，能涤荡心灵的灰尘，让它洁净清白。

读书，让人心净，也让人心静。

二

至于读书的环境，是大可不必苛求的——这一点，古人就有些本末倒置了：有人在书房里摆上一个小几，几上放著具，放玉器。甚至有的书生读书，旁边得有一女孩相伴，美其名曰"红袖添香夜读书"，这不是读书，简直是作秀。鲁迅对这样的人十分厌恶，讽刺道："他梦想的最高境界是在雪天，呕上半口血，由丫鬟扶着，懒懒的，到院子里看梅花。"

其实，书房应简陋。

我的书房四壁一白到顶，旁立两柜，都是书籍，再有一案一椅，做读书和写作之用。与读书无关的摆设多了，反而会分散注意力。

书房长仅一丈有余，一面大窗正对着书案，有时写累了，一抬头：山青如黛，就在不远处；树密如睫毛，一层层穿插。林中有一亭，远看如山的美人痣。下雨的时候，远山山气迷离，山色若有若无，水墨画一般，很是缥缈。

书案前的凳子，过去是木凳，后来换成皮椅。妻子说，时间长了，得坐舒服一点儿，不然身子吃不消的。

有时写累了，我会看看书。

看书，不必确定非得看什么，或者非得不看什么。我看书，是随意抽一本，随意翻看，没有任务，也没有目的，纯为养心。

案子前放着一个小花盆，白瓷蓝花，很是古拙。盆内栽了一棵兰草，放着几块鹅卵石，圆圆溜溜的，有些野趣。土是从郊外弄来的黑土，很肥。一盆兰草，就成了书房一景，带来一片苍翠。

一日，读书之际，忽听一声蟋蟀鸣叫，清亮地回荡在耳边。一时疑心自己产生了错觉，以为是书中所写心中所想，否则，五楼之上何来蟋蟀？但是，随即又是一声，清亮悠扬，带着乡村田野之风，回荡在房里。接着又是一声，竟然是从花盆中传出的，原来是花农铲土时一不注意捎回来的。

这蟋蟀并非一直叫，而是叫叫停停，断断续续。以后读书时，耳旁总少不了蟋蟀零落的叫声，这时，一颗心仿佛回到了乡村，走向夕阳下的四野，走向黄昏的田埂，看眼前暮霭升起，牛羊回舍，自己竟然如《归园田居》中的陶渊明一般。

《诗经》中谈到蟋蟀时说："八月在宇，九月在户，十月蟋蟀入我床下。"现在，蟋蟀竟然进入房内，我的书房成了一部小小的《诗经》了。

三

前面说了，我读书是很随意的，但仍有所好。在所有的书籍中，唐诗宋词是我看得最多的。有人说，好书如美景，这话是不错的。看唐诗宋词，就如登山临水，就如眺云探日，给人心灵带来无限的愉悦。

唐诗，是文学中的一轮明月。每一次走入唐诗，人的心都一片清亮，好像不着一丝力气，读"荷叶罗裙一色裁，芙蓉向脸两边开"时，眼前，一群女孩，一群水灵灵的女孩在笑着，在互相泼着水。这时，自己也仿佛青衣布衫，走入了江南，走入青花瓷的世界，一颗心也润泽起来，也多情起来。读到"大漠孤烟直，长河落日圆"时，自己就好像那位戍边的将士，骑着马，奔驰在无边的大漠上，奔驰在大唐的烽烟里。读"鸡声茅店月，人迹板桥霜"时，自己就成为一个旅人，打马走在木板桥上，印下一个个蹄印。读"欲得周郎顾，时时误拂弦"时，我仿佛觉得自己就成了赤壁鏖战中那个风流倜傥的将军。

唐诗，让我的想象变得丰富；唐诗，也让我的感情变得细腻。在这儿，我好像看到"人面桃花别样红"的女孩，含情脉脉，睇着心上人；看到"别梦依依到谢家"的书生在月夜长叹，神伤不已。

一颗心，与这些人为伍，何能不净？

宋词与唐诗相较，多了一些柔韧，多了一些水意，多了一些女儿气。读这样的句子，一颗坚硬的心自会柔软起来，也多情起来，如梧桐细雨，无风也潇潇，有雨亦潇潇。

当我读到宋词中的"倚门回首，却把青梅嗅"时，总是想，这是怎样纯净的一个女孩啊，她回望的人，该是怎样儒雅，怎样洒脱？当我读到"执手相看泪眼，竟无语凝噎"时，长亭外，古道边，青年男女相别时凄凄惨惨的情景，又入目上心，令自己黯然落泪。

有人说，雨后的春山，是泪洗过的良心，换言之，泪洗过的良心，如同春雨滋润的春山一样清明洁净。读书，让我们的良心一次次被泪水滋润，日益丰盈。

四

只要愿意读书，时间总是有的。

晴日的上午，我喜欢独自在走廊上放一把竹椅，旁边放上一杯茶，让茶烟和书香相互羼杂，读一会儿了，喝上一口茶。古人说，"书雅茶香，相得益彰"，这是肺腑之言，并非显摆。此时，一颗心清鲜鲜的，也轻闲闲的，不用急着去完成什么任务，也不用操心酬酢，一页页慢慢看来，漫不经意的。一篇读罢，午饭也熟了，心地坦然，饭入口中，也是带着一片书香。

雨天夜晚，下班回来，靠在床头看一篇文章，也是一种消除寒意和疲劳的方法。唐诗宋词之外，现代书籍中，我最爱看周作人、沈从文和汪曾祺的文章。而雨夜里，我以为最宜读的是周作人的小品文。周作人的小品，给人一种与故人对炉谈心的平静感，有一种不温不火的纯净气。读着读着，一颗心也平静下来，不起一丝波纹，不起一星浪花。看罢睡下，进入梦乡，梦中也一片平静。至于沈从文的小说，应在星期天的早晨阅读。假日的早晨，一气睡到九点多才起来，吃罢母亲做的饭，在老家后院放一张躺椅，躺下后随便看着。这时，边城的一山一水，包括水边白塔，还有撑船的女孩，都会一一出现在眼前。

汪曾祺的美食小品也很好，不过，读了之后，大吞口水，却无物解馋。老爷子是美食家，以一支笔，把每一种小菜都写得活色生香，让人实在禁受不住诱惑。譬如他谈腌苋菜："苋菜长老了，主茎可粗如拇指，高三四尺，截成二寸许小段，入臭坛，臭熟后，外皮是硬的，里面的芯成果冻状。嘬住一头，一吸，芯肉即入口中。这是佐粥的无上妙品。"再如："卖花生糖的。大粒去皮的花生仁，炒熟仍是雪白的，平摊在抹了油的白石板上，冰糖熬好，均匀地浇在花生米上，候冷，铲起。这种花生糖晶亮透明，不用刀切，大片，放在玻璃匣里，要买，取出一片，现约，论价。冰糖极脆，花生很香。"这些文字简直色香味形俱全。

读这些洁净的文字，最好的地方，应当在雨夜的山村。

我家在山里，每到假期，我一定要回一趟老家，住上一阵子。晚上，坐在窗前读书，这时虫声唧唧，透过窗纱，带着一片清亮。若是秋雨之夜，"雨中黄叶树，灯下白头人"，是再好不过的意境了。

现在不是春秋，是冬季！我又快回家了。

到时，拢一盆火，拿一本书，泡一杯茶，看一会儿书，回头望望门外一片寒意。到了傍晚，雪花纷纷扬扬地飞下来。此时，看天看地看小村，一片洁白，再回头看看自己的心，也一片洁白。

千年的茶香

一

茶有道，非常道。

茶有茶艺和茶道之分。其实，细说起来，都是道，即心灵层面和品格层面的内容。茶本身就是一种文化，典雅、内敛，浮荡着一种淡淡的书卷气。

如果说，玉如女子；那么，茶就是书生。

玉，讲究温润、柔和，如一个"帘卷西风，人比黄花瘦"的闺中少妇。

茶，则是巴山听雨的书生，是"下马草军书"的诗人，是"单车欲问边"的文人，通身上下洁净，无一丝人间烟火味。即使他青衣佩剑，也少了杀伐气，多了灵秀的韵致。

汉文化润泽着茶及茶道。茶与茶道反之又润泽着汉文化，润泽着汉文化孕育的文化人：二者互为映衬，互为补充。

二

"目送归鸿，手挥五弦"的人，案前宜放茶。

"采菊东篱下，悠然望南山"的人，宜饮茶。

"因过竹院逢僧话，又得浮生半日闲"时，手中所拿，应为一杯茶，所说之话，也无过于品茶之美，才为得当。

茶，是国饮，也只有中国人懂得其妙。

西汉时，最善于享受生活乐趣的天府之国，即有茶饮。二人对坐，三人笑谈，桌几上，就有氤氲的茶香缭绕，就有碧绿的茶汤助兴。文人王褒曾言，"烹茶尽具，酺已盖藏"，这是生活常事。那时的文人，就用一杯茶、几页书，滋润着一颗洁净的心。

唐代茶文化，更是奇葩，一枝独秀。白居易甚至是烹茶高手，并用雪水煮茶，而且很得意地吟道："吟咏霜毛句，闲尝雪水茶。"陆羽嗜茶，饮茶之余，竟著成《茶经》。

宋承唐之流风余韵，将茶道发扬光大，以至于出现品茶、斗茶之事。陆游布衣轻帆，飘然来到临安，住在旅店里，听春雨，感旅怀，写下《临安春雨初霁》，谈到自己在临安的生活："矮纸斜行闲作草，晴窗细乳戏分茶。"更是将茶道与书道一并提及，显示自己的茶艺。

清代，茶馆出现，市井处处，茶香缕缕。几人相约进入茶馆，饮着茶，评说着诗文，是文人最常做的事。

中国文化，之所以水汽氤氲，透着一种灵秀、一种洁净，茶文化实在起着不小的作用。换言之，正是一杯淡淡的茶，润泽了一段辉煌而不失淡雅的文明史。

三

茶道的终极目的，在于养心。

中国人品茶，是要求和心境、意境相吻合的，否则，就觉得玷污了茶，也玷污了茶道。

这样一来，无论茶艺、茶道，都很是讲究。

相对于茶道来说，茶艺是外在的，是具体的，也就是烹茶时表现出的技巧。茶艺的具体要求，在于自然、空灵，如行云流水，如明月在天，不得有丝毫笨拙，丝毫滞碍。这，是技艺与心灵合二为一的表现，是动作与精神的高度结合，既要熟练，又要心中有茶，不能旁骛，更不能为名缰利锁所牵绊。

唐人烹茶，是碾，是煮。

所谓碾，是将做成饼状之茶碾成末，再放入水中煮。煮时，水刚开，水面出现细小如鱼眼一样的水珠，并"微有声"，称为一沸。当锅边水泡如涌泉连珠时，为二沸，即舀出一瓢开水备用，以竹夹在锅中搅拌，然后将茶末倒进去。锅中水"腾波鼓浪""势若奔涛溅沫"时，称为三沸。此时，将舀出的那瓢水倒进锅里，一锅茶汤就算煮好。如果再煮，则"水老不可食也"。

饮茶，得细品，否则称为"牛饮"，很为饮者鄙视。

宋代则不同，其重于点茶。所谓点茶，即将筛过的茶末放入茶盏，注少量开水搅拌，至均匀后再注开水，用茶筅反复击打，产生汤花并在茶盏边不留水痕者为最佳。苏轼曾写到自己精于茶道，言下很是得意。

明清之后，则为泡茶。

泡茶有讲究，一道水洗杯，称为"洗茶"。二道才是正味，得慢慢喝，慢慢品。茶汤入嘴，不吞，舌尖上一转，徐徐咽下，茶香随之浮出，五脏六腑一片熨帖。正如古人言，"有力""悦志"，浑身舒爽。至于拿杯、放杯、斟茶，各有讲究和名目，花样繁多，不一而足。

这不是做派，而是一种涵养身心的过程。

在烹茶泡茶中，一颗心净净的，与杯中清绿茶汤融为一色，与白云蓝天一起飘摇，是一种"羽化而登仙"的感觉。西方常有科学家头脑难以停止思索，歇息时，若会茗饮，烹茶一杯，坐在院子里慢慢地品着，晒着太阳，该多么惬意。

茶艺使心灵洁净，茶道则更是如此，只不过，茶道追求的则是精神上的空灵。

古人饮茶，饮者和环境，都极有讲究。

饮者得为雅士，腹有诗书，气度娴雅。几个人围着茶炉，或弈棋，或弹琴，或吟诗。谈功名利禄者难入此列；好红尘争斗者当远离；至于宵小奸佞之人，或品行不端者，更是难入饮者之列。

饮茶环境，或面朝南山，对窗而坐；或瓦屋纸窗，以素雅陶瓷为器；或如《红楼梦》中妙玉的栊翠庵，几间禅室，几株梅花，更妙。当然，《水浒传》中朱贵酒楼的后窗亦好，饮茶者面对着流水长天，还有从芦苇丛里咿呀摇出的小船，饮着清茶，也是一种悠闲的享受。只是，这儿强人出没，杀伐之气太重，和饮茗之道不相适应。

饮茗宜静，不宜热闹。

饮茗宜净，不宜过于杂乱。

饮茗宜在山野之中，不宜于红尘之中，不宜于争斗之中，更不宜于阴谋诡计四伏的名利场之中。

四

一杯茶，涵养了一种风清云白的精神；一缕茶香，熏陶了一种潇洒出尘的人性；一盏碧绿的茶汤，清洗着、润泽着中国人的心灵。

因此，汉文化孕育的人，总有着水一样细腻的性情，有着晴空流云的洒脱，有着海阔天空的情怀，有着淡淡的书卷气和洁净清爽之气。这些，流淌在他们的身体里、血液里和灵魂里，须臾不离，都是因为一缕茶香在缭绕，在晕染。

因此，他们高洁如月。

因此，他们纯净如露。

他们喜欢单纯、美好、平静的生活，一个茶馆，一个茶座，一杯淡淡的茶，把一个个小日子过得像行云流水，如诗如画。也因此，他们的心如一朵白莲，馨香淡淡，纤尘不染。

多少年前，站在汉文化的源头，一位哲人说："上善若水。"他无论如何也没想到，他的话，在后世子孙的身上清晰地映现出来，并流芳溢彩，代代不绝。一个民族，也因此显得水意弥漫，情意弥漫，人性十足。

茶有道，非常道，它润泽的是一颗淡然、平和、安详、善良的心，和中国人追求的人性恰相吻合，因而成为国饮。至于效仿者，如缺乏这种人性，仅仅就茶论茶，只是徒得皮毛而已，难得其中三昧，更有损茶道。

生活三品

一

古人云:"咬得菜根者,百事可做。"又云:"布衣暖,菜根香,诗书滋味长。"这里的"咬菜根",指的是过清淡的生活,包括口感上的,更多的则是心境上的。

"咬菜根",对古人而言,是一种粗茶淡饭的清淡生活。

郑板桥在给弟弟的信件里,屡屡谈到喝粥,曾用神往的笔调写道:"双手捧碗,缩颈而啜之。霜晨雪早,得此周身俱暖。"为了这份生活、这份清淡,他辞官而去,挥别名利,吟诗道:"乌纱掷去不为官,囊橐萧萧两袖寒。写取一枝清瘦竹,秋风江上作渔竿。"在"一年清知府,十万雪花银"的时代,这样做,洒脱,给力。

曾国藩也以主张清心寡欲闻名。成为湘军统帅后,他依然布衣一袭,清茶一杯,每天早餐,仍然一碟咸菜。有客人时,再加一碟萝卜干。然后,伸筷相请,两碗米饭,一脸满足,心忧天下,不嗜一物。可惜,现在很多人读《曾国藩家书》,学为官之道,却很少有人学曾国藩的这种生活态度。

《治家格言》说得好，"吃菜根淡中有味，守王法梦里无惊"，一个吃得菜根的人，心是淡然的，他一定是一个远离红尘、淡泊名利的人。这样的人，不用日日算计，不用打击陷害，不用行贿受贿，那么，晚上睡觉也一定香甜、熨帖，半夜里即使有敲门声，也用不着心惊肉跳，血压飙升。

时下，大鱼大肉，时鲜美味，已是桌上的必需品了。

薄粥素菜，也已远离人们的生活。

有时回到乡下，早晨闲转，总会看见村里人捧着碗喝糊汤。那种投入状态，让人感到十分亲切、幸福。糊汤是一种地道的素食，是把苞谷面放入开水里，反复搅动，直到成为金黄的糊状。稀点的，可以捧着碗喝；稠点的，就用筷子划拉着吃。农村人吃糊汤就的菜，和曾国藩吃的没两样，一碟腌菜，一碟萝卜干，吃得津津有味，一脸安然。这种香甜，在城里的酒席上很少见到。心宽，精神就好，乡村人的寿命长，这大概也是一个原因吧。

安于清淡生活的人，不只行事高洁，品行上也能做到清风满怀，明月在心。

陶渊明辞官归里，南山种豆，东篱采菊，看"云无心以出岫，鸟倦飞而知还"时，那种心境一定无限地舒畅、无限地自由吧？也只有这样的心，才能装得下晴天白云，盛得下山水鸟鸣；也只有这样的心，才能品出"摘我园中蔬"的清淡与美好。

汪曾祺谈及个人生活，用八个字概括就是"围炉读书，灯光可亲"，这不只是清淡，简直是清雅了。让人一见，心中顿生暖意，顿生无限向往。一个人抛弃名利，一身布衣，一身清闲，夹着几本书回到山里，在夜雪压竹的窸窣声里，拢一盆火，泡一壶茶，拿一本古诗词，随意地读着。屋子里温暖如春，屋外雪涌满山。侧耳听去，隐隐约约有踩在雪上的脚步声，"咔嚓咔嚓"的，不知谁在雪夜中归山。此时，沉浸在古诗词里，体味着"明月松间照，清泉石上流"的洁净；品咂着"杏花疏影里，吹笛到天明"的洒脱；揣摩着"一片冰心在玉壶"的干净；领悟着"本来无一物，何处惹尘埃"的空灵。心，也在古诗词里变成一朵雪花，凌空飞舞。

汪曾祺最津津乐道的一道菜，叫干丝，用豆腐干切成。他在文中道："干丝入开水略煮，捞出后装高足浅碗，浇麻油酱醋。青蒜切寸段，略焯，五香花生米搓去皮，同拌，尤妙。"清淡的菜蔬，淡然的叙述，体现着一颗淡然的心。

在清淡里，尝出生活的真滋味；在清淡中，得出心灵的大营养。这，才是真正的美食家。

二

静坐于室内时，一身薄衫，自己如一朵莲。室内四周空气轻盈如水，波光动荡，映着粉墙，映着桌椅，显得格外干净，格外洁白，简直是纤尘不染。

室内寂静，静得连蜜蜂扇翅的声音，也清晰在耳。

帘外，更是一片寂静。

寂静中，有鸟儿飞来，"呼"地收拢翅膀，轻轻落在窗外枝头上。枝头晃动着，鸟儿也如踩着高跷一样，一弹一弹的。这是一种很小很小的鸟，半个拳头大，周身白色，尾羽黑亮，一双滚珠一样的眼，偏着头，细细端详着房子里静坐的我，张着黄黄的嘴儿，叽叽叫了几声，一定在问，这家伙，在搞什么名堂？

帘外，风儿吹来，薄得如箫音一样缠绵醉人，如丝绸一样柔滑温润。轻轻的风中，也有花的影儿在摇曳，那是一串牵牛花。

牵牛花是春末种的，春天之后，就冒出嫩芽，抽出长而嫩的藤子，从花盆上伸出，沿着一条绳子，身姿婀娜地爬上去，好像表演杂耍一般，显示着自己"高空飞人"的能耐。现在，它变出新的戏法，聚集全身心的能量，抽出几片叶儿，几朵花儿。这些花儿叶儿，都是一副没见过大世面的样子，探头探脑，伸到帘内。

甚至，它们还摆着一副很惊奇的样子。

叶子可能在想，怎么的，这家伙摆的这是什么姿势？怪唬人的！

花儿也在仔细研究着，有的侧着头，有的伸着脖子，有一朵终于忍不住了，"噗"地一笑，绽开了。顿时，所有的叶儿、花儿都乐了，傻乎乎地摇晃着，全然没了刚才的庄重。

风吹着，帘子晃动，花儿晃动，带动着室内阳光，也如一波一波春水，轻轻地荡漾着，流动着，一地湿润。整个室内，一切都在阳光下，仿佛变成透明的了。就连我，也一身空明，产生了一种飘飘欲仙的感觉。

鸟儿羽毛微漾，是风在抚摸它。

花儿羞答答地左右躲闪，是风在轻吻它。

叶子，则和风躲着迷藏，还沙沙地轻笑。

风吹进来，吹进室内，拂着我的脸，抚摸着我的身子，朝我的脖颈呵着气，百般地调皮，如一个正处在热恋中的人。此时，静坐于风中的小房里，我一动不动，也变成了一朵花，一朵五月的荷花。

心房中，自然而然有一股清香，弥漫一室。

三

于人而言，万物有恩，珠露亦然。

露最多时，是春晨，是夏夜，是秋夕。

春日，尤其是早春，在乡间，一早起来，阳光从东山顶上斜铺下来，如同清新的流水。这时，旷野中，地面上，水汽氤氲，不停地弥漫着，如一层若有若无的梦，如一层薄薄的纱布。

此时的草，还是嫩嫩的芽儿，是草针，用唐诗里的话来说就是"草色遥看近却无"。可是，珠露却是看得到的。远远的，阳光射下来，一丝一丝的彩线，在晨曦中闪动着，有的甚至还有些刺眼，但是，却很美。细看，每一棵草上，都挑着一粒露珠——确实是挑着，就挂在草尖上——很小很小的珠子。

草很嫩，很纤弱，看不太清，可每一粒露珠都是草儿的招牌，是草儿生命的呐喊。这一粒粒露珠沾在草尖上，仿佛也润进人的心中。心，也像挑了一粒露珠，萌生一片青嫩的春色，一片勃勃的生机。

春天的美，就是从露珠润心的那一刻起，悄悄漫上心头的。

夏夜的露，可能会大一点儿，可能更清亮一点儿，更明洁一点儿。如果说，春露如细米，夏夜之露则犹如碎钻，一片清明。

乡村的夜是寂静的，是温馨的。到了夏夜，一个人悄悄地走着，虫鸣一声一声，从这儿响起，从那儿响起，有的悠长，有的短促，仿佛划过夜空的丝丝光线一般。

在竹林边，悄然站立，这时，就有珠露之声从竹叶间滑落，又碰在另一片竹叶上，"嗒"一声，又"嗒"一声，珠玉盈耳，珠圆玉润。孟浩然说，"竹露滴清响"，是深得其味的。这声音，在都市里听不见，在扰攘中听不见，在喧哗中也听不见。当然，心中烦乱时，更是听不见。

有珠露之声，心，不会为物欲所困。

秋之夕，秋虫声则和夜露声没什么区别了。唐诗道："冷露无声湿桂花。"秋天的露，怎能无声呢？一个人独坐在桂花树下，花香盈身，盈袖，盈心；秋虫声盈耳，在草丛中叫，在花树下叫，在台阶下叫。

露珠，无声地打湿了秋草，也润湿了虫鸣。这时的虫鸣，潮潮的，润润的，和露珠已没什么区别了。人，一时分不出哪是虫鸣声，哪是珠露之声。

　　"虫鸣如露"，多贴切的比喻。

　　能感悟这个比喻的心，也一定有一片虫鸣，有一片珠露吧。

　　珠露，润泽了一颗心；珠露，同样润泽了一个人。在尘世中，有珠露在心，对珠露感恩，灵魂就有一盏指路的灯，有一条回归良心的路。

　　倾听珠露之声，倾听良心的鸣唱。

秋意如酒

一

几天了，雨淅淅沥沥地下着。山坡上，河岸上，田地里，都遮着一层薄薄的纱，如烟如雾。望不远，即使靠着栏杆，极目远眺，也仅仅能看到半里左右。至于远处的山、山上的人家、人家屋顶的炊烟，都不见了影子。

晚上睡着，檐前，也滴滴嗒嗒的，欲说还休，是秋雨的断肠倾诉。

人，坐在书房中，带着一段难以言说的心事，愁闷如网，结着千千结，怎么也解不开。人，也就成了一段无语的枯木。

十几天后，天，终于放晴了。

妻子说，出去转转吧，散散心。于是，我就跟着出去了。

久雨初晴的天空，此刻如婴儿的眼睛一样，亮得干净，亮得透明，亮得没有一丝云翳。甚至，让人怀疑，那爽蓝的天空能反射出人的影子，能反射出飞鸟的影子，甚至，敲一敲，能发出叮叮当当的响声，如玻璃一般。

这么明亮的天空下，一切都是洁净的，都如用丝绵擦洗过一样，纤毫毕见。远处的树，直直地指向天空，如谁在晴空下，拿着碳素笔粗粗地画了几笔，简练，标直，在广阔无垠的天空下组成极为简练的简笔画。

阳光很亮，是经过晴空过滤了的，没有一星渣滓，也没有一点儿尘灰。这时，即便有几只小小的蠓虫飞过，也清晰可辨。蠓虫的翅膀，薄薄的，透着亮，在空气中扇动着。不知它们准备去哪儿？它们是由父母带着，还是独自远行？秋天的阳光，轻轻拂拭着它们极小极小的身子，舒服而熨帖。

在这样的阳光下，它们自由自在，也丢掉了往昔的胆怯。

阳光下，近处的柳树，叶子绿中透黄，已经没有了春夏的青葱。但是，这样更好，青葱年少，纤腰轻舞，固然让人陶醉；韶华逝去，轻抚秋光，则给人一种沉稳、成熟、风华褪尽见纯真的淡定。

远山上，树叶红了，红中带黄，远远看去，红得润泽，红得曼妙，如同女子的笑靥，慢慢泛起，慢慢扩展开，若隐若现：这，都是因了雨的沁润。

人家的门前有柿子树，一场雨后，树叶全部凋零。一树的柿子，圆红如丹，晶莹如珍珠，灼灼艳艳的。有的人忙着下柿子，长长的夹竿伸上去，夹着柿子了，缓缓地收回夹竿，拿下柿子，放在一个竹篮中。如果没夹住，"噗"地落下来，旁边就响起小孩子的惊叫声，还有女人脆脆的埋怨声。

多年前，我看到一幅画，上面画着秋山，画着茅屋，画着满山的柿子树，便随口吟诗一首："黄叶秋菊白露天，青衫犹自染寒烟。看罢书画人一笑，柿子红处是家山。"写这首诗时，我正漂泊异地，客里思乡，故有此一说。

现在，我却在故园，在故园的秋日下。

故园秋日，总是那么净，净得晴空万里，长天如练。

故园的秋山，总是那么美，美得如李可染的画，万山红遍，层林尽染，霜叶如霞，寒山纤瘦。那细细的山脊，仿佛不足一握。有牧牛人在梁上走过，牛和人都如逗点一般，贴在天边，慢慢动着，动着，最终消失在远方。只有高亢的山歌，缭绕不散，久久回荡。

故园的秋天，又是那么静，无边的空静，包容着一丛一簇的山、树、水，还有水边车路的房子。

在这洁净的秋日下，人，成为一朵菊，淡淡开放，是心在开放。

人淡如菊，大概说的就是此刻吧。其实，不是人，是人的心，此时淡如菊花。

二

罗兰说，有的人眸子如秋，有的人风神如秋。这个比喻新颖，我喜欢。

眸子如秋的，一定是恋爱中的少女了。那种眸子，水亮水亮的，弥漫着一汪柔情，一汪洁净。少女恋爱时的感情，寻不出一星渣滓，映射在眸子中，是无一处不美的。

"明眸善睐"，是写少女的眼睛，但更易于用来形容秋。

秋天，尤其是久雨初晴的秋天，一早起来，天光从天边泻下来，润泽着一切，一切也都透出一种光，洁净如梦幻的光。那种光，真的，只有从女孩的眼中，尤其是从恋爱中女孩的眼中才能流露出来。

处于这种女孩目光中的男孩，应是天下最幸福的男孩。同样的，处于这样秋光下的人也应是天下身心最舒畅的人。

放眼远望，地平线上，一棵棵树直立在那儿。上面，是清亮亮的光。这时，天光，如女孩的目光；而那些树影，则如女孩的睫毛；你呢？你该是秋光的恋人了。

处于秋光之下的幸福，是一种宽敞的、自由的、明亮的幸福。

至于说到有人风神如秋，我以为，应当是少妇。

少妇，尤其是中国的少妇，经过了春的灿烂、夏的热烈之后，渐趋于含蓄，含蓄得如中国瓷器一般，由内向外透出一种洁净、一种诗意。

诗耐品哂，少妇耐看。

经常，在小城街上走，我会被一个个成熟少妇的魅力吸引住。那长长的身子，那韵律和谐的身段，还有那高挽的发髻，把青涩之后、张扬之后的成熟表现得恰到好处。

这，是女孩走向少妇后所独有的韵味。

秋也是经历了热闹，经历了灿烂，才走向成熟的。成熟之后的秋，一任天然，毫不做作。它知道自己的那一种内在美，知道那一种含蓄的样子是怎样地触目惊心，所以，它不开花，也不大红大绿、花团锦簇，它就那样立在山下，或溪畔旁，或小河边，扯一缕雾，扯出万种风情、千样姿态，让人陶醉。

有时，我在人群中看少妇们曼妙的身影，总会有少妇发现，回过头，淡淡一笑，绽放一脸明媚。

毕竟，被人欣赏不是一件坏事。

秋，也会这样，在雾里，不时露一团红叶，对人一笑，一时，醉透了天，醉透了地，醉透了赏秋的人。

饮酒小记

一

酒不同于茶。

茶趋阴，一杯在手，轻轻淡淡地喝着，将一颗心喝得风轻云淡，淡然如菊。因此，茶近于道。饮酒则不然，几碗下肚，胆气开张，路见不平一声吼，该出手时就出手——什么镇关西，什么蒋门神，酒家认得你，酒家的拳头认你不得，三拳两脚，让你个人渣一命呜呼。

因此，茶含水趋柔，酒含火趋刚。

茶让人越品越趋于平静，越走向灵魂深处，看云起云消，听虫鸣唧唧。

酒则相反，越喝则越让人开放外露、志气风发、慷慨激昂。壮怀激烈时，以酒借劲；横槊赋诗时，以酒抒情；即便营门战鼓震天，大将出马，也得豪饮三碗，以壮行色。

酒让中国人多了一分雄壮，多了一分爷们儿气。

酒含刚性。

二

酒是火之神，又是水之精，其至刚，又至柔。

自古酒与诗为伴，陶潜东篱采菊，一杯酒，一首诗，供一枝菊花，人清绝，诗也清绝。因而，中国田园诗就显得酒气淋漓，多了几许水性，多了几许酒气，以至于多年后，田园诗大师孟浩然饮酒之后，歌咏道："待到重阳日，还来就菊花。"就菊花干吗？饮酒赋诗嘛。

李白是"诗仙"，酒入豪肠，七分酿成了月光，还有三分啸成剑气，秀口一吐，就是半个盛唐。其实，古代文人莫不如此。因此，至今我们翻开唐诗宋词，一片酒气仍扑面而来，醺人欲醉。"江上舟摇，楼上帘招"，那迎风飘扬的是一片酒旗，也就是诗歌里的酒望子。

古代的酒店很韵致，门前挂一面旗，迎风飘摇在细雨之中，或红杏枝头。没有酒旗，挂一望子也行。

就是这酒旗，这望子，不知牵绊住多少文人的脚步。

"小杜"在三月里骑马嗒嗒地走过江南，因为一坛美酒、一声牧笛，还有杏花村头的酒望子，写下了"清明节雨纷纷，路上行人欲断魂。借问酒家何处有？牧童遥指杏花村"的千古名句。若没酒，中国诗文将一片寂寞，一片呆板乏味。是酒，让中国文人潇洒，让中国文学水汽淋漓，活泼灵动。

三

喝酒，得有下酒菜。中国文化中，下酒菜与酒是相得益彰的。这些下酒菜，让人一看，口水直流。

苏轼在《后赤壁赋》中说："今者薄暮，举网得鱼，巨口细鳞，状如松江之鲈。顾安所得酒乎？"有鱼必得有酒。这鱼不知多大？如果小，可剖了内脏，油炸焦黄，佐酒为菜，特酥，特爽口。如果大，得做酸汤鱼，放酸辣椒，辣、酸、香俱有，喝杯酒，饮一勺汤，满口的麻、辣、烫。鱼鳃两边鳃骨如扇，很多人夹了丢弃，简直是暴殄天物。此骨之味非同一般，用箸夹起，放入嘴中哑，上面一层皮已融化，香极。然后完全是骨，仍值得一哑，不哑别的，只哑那个味，此味可意会而不可言说。以味佐酒，是一种艺术。

宋代时，不知人们会做这道菜不？也可能"大苏"无此口福，即使做了，若根本不知道用鱼鳃骨佐酒，岂不可惜。

《水浒传》中处处有酒，处处有佐酒菜肴。鲁智深用狗肉佐酒，其法妙不可言：把狗肉煮熟，冷却后切下，用荷叶（非碟非碗）包着，吃时拿出撕着，一口狗肉一口老酒。有人说"闻着狗肉香，佛祖也跳墙"，就是此意。吃狗肉必有酒，除腥去臊，方是正宗。《水浒传》中还有一用狗肉佐酒法，即弄一熟狗腿，面前放一碟蒜泥，然后倒一碗酒。喝一口冷冽老酒，用狗腿蘸了蒜泥吃一口，有种豪气。

现代文人中，谈酒的文人当属周作人和陆文夫。

周作人说，喝酒，得盐蚕豆下酒，放在一种浅黑碗盏中，不用筷子，用手拈着吃，"咯吱咯吱"的，饮着酒，蛮有味。陆文夫记的，则是他个人在困难时期所用的下酒菜。深夜客访，无菜下酒，只有点虾，将虾皮剥下，用油炸得焦黄酥脆，放上韭菜，黄绿一盘，为一菜。将虾肉掺面再油炸，外黄内嫩，凑一菜。然后，开始饮酒。

饮酒菜无须多，在于精。

我老家有一菜肴，是佐酒佳品，即将刚刚压好的豆腐开包，切上一块，蘸一下油泼辣子，吃一口，再饮口酒，爽口至极。

四

中国人饮酒，不只是饮酒，还是饮一种环境，饮一种心情。

陆文夫在《屋后的酒店》中言，饮者爱热闹，一人一筒酒，一碟花生豆，或一个皮蛋一剖四瓣，吃着喝着，大声嚷着。他们取的就是这个热闹。

在我老家，人们也爱如此，围着桌子一坐，大声划拳，言笑晏晏，声浪起伏。大家不为别的，为的是这种气氛，热闹，亲近。

也有喜静的。

梁山泊朱贵掌管的酒店后有一小楼，立在水上。楼上靠窗放一桌，几碟小菜一壶酒，一边独饮，一边看着梁山泊一片苇荡莽莽苍苍，渔船从苇荡里摇出。这时，世界一片宁静，饮者心中也一片宁静。

谁说强盗只会耍拳脚弄刀枪，在酒上，他们也是独树一帜的。

最好的饮酒环境，一是在白居易的诗中，一是在我老家的山中。白居易的小诗"绿蚁新醅酒，红泥小火炉。晚来天欲雪，能饮一杯无？"让人读了，真想不请自去，饮上一杯。至于我的老家，在山的更深处，水一绕山一弯，被一片槐树、桦树、椿树环抱着，蝉声像水一样流泻着。在这儿饮酒，一群亲近的人，一壶自酿的酒，几碟山野菜蔬：或豆角，或黄瓜。一杯一杯复一杯，即使醉了，也一身轻松，一心轻松。梦中，也波澜不惊。

五

酒是水与火不分彼此的交融。

在乡村，酿酒时，于灶下必烧大火，达到高温，酒糟中蒸汽升起，化而成酒，沿着一根管子潺潺而出。一时间，一个村子都浮荡着一片酒香，如果是杏花开时，真成了杏花村。

其实，中国酒都是如此，是水与火的结合、升华。

因而，从酒文化中走出来的中国人，他们的身上总是带着一分水的洒脱，一分水的温柔，一分水的清新洁白；同时，又有一种火的热烈，一种火的狂野，一种火的激昂雄浑。

是君子，他们剖肝沥胆，与之结交。遇着仗势欺人的小人、坏人、恶人，他们怒发冲冠，拔刀相向，绝不屈服。

中国酒孕育了中国人。

中国人制造了中国酒。

它将人性、文化、历史三者结合，水乳交融，在世界文化史上，也是独此一家，别无分店的。

故园的野菜

小村在大山深处，又仄又深，沿着一条公路前行，几经曲折后，有土墙灰瓦、童谣山歌，有炊烟，更有野菜美味。忆起来，每一样野菜都让人口舌生津，难以自已。

马齿苋

马齿苋出现时，是在夏秋之交，一般多生在玉米地里，一大棵一大棵地长着，胖乎乎的。马齿苋紫红杆，很嫩，上生叶片，椭圆形，小而厚，一掐一汪水。

在小村，它是一道极好的菜。

马齿苋可凉拌着吃。做法很简单，采摘之后，在沟边泉水中一洗，然后拿回家，烧开水，将马齿苋放入水中，打一个滚捞起：捞迟了，会烂的，这菜很娇嫩。然后，把菜放在砧板上，"咔嚓咔嚓"切成段，十厘米左右，太短了，会走失汁水，失了鲜味；太长了，嘴里装不下啊，是不？

切好，才算成功了一半。

另外，得把大蒜和精盐放一起，在石臼中研成末，倒入碗中，再兑上烧沸的香油，兑上开水——别放其他香料——会败味的。这是蒜汁。将其浇在马齿苋上，一拌，放上十多分钟，让菜与蒜汁充分融合。接着，开始吃。

用马齿苋做糊汤最好。菜放入糊汤中，筷子一剜，连菜带糊汤一口，"咯吱咯吱"吃着，一股青鲜鲜的味道，齿顿生香。

当然，用它下酒也不错。可一般人待客不用，觉得以野菜待客会唐突贵人。

这菜，在乡村时常吃，妻子做的。到了城里就没有了。妻子有一次无来由地长叹："马齿苋又长起来了。"一时，我又看到故乡，看见故乡的玉米地，还有碧绿的马齿苋。

可惜，仅仅是想象而已！

马齿苋还有一种吃法，很简单。焯后切碎，晒成菜干，可以包饺子，咬起来很筋道。故乡有童谣道："马齿苋，包饺子，妈啊妈啊怎么吃？""一口一口咬着吃，我的女娃好老实。"一问一答，可以想见，当年马齿苋是一道小村常见的菜。

菜薹

古人说，咬得菜根则百事可做，意思是，只要能吃菜根，就没有什么苦不可以受。古书上也说："布衣暖，菜根香，读书滋味长。"可见，吃菜根对于中国人是常事。

在小村，人们吃的菜根却少，除了萝卜、山药外，几乎没有。可是，菜薹却是山里人最喜爱的一道菜。

这里的菜薹，大多是莴苣，抽薹能达半米多，恰好达到壮、粗、嫩的时候，掐回去，捋掉上面的菜叶，切成十厘米左右的段，用开水一焯，压入坛中。是的，是压，不是装——压瓷实了，将坛子里的空气挤出，再把坛口一封，让它自行发酵。一个月后，打开即吃。

开坛的菜薹呈金黄色，酸爽可口，想吃时，随便抓一碟即可。

这菜配什么饭真不好说，这就如天香国色的女孩，无论配什么样的男子，都让人有种唐突佳人的惋惜。这是素菜，实在要下饭，仍以糊汤为首；其次，米饭，黄白相衬，亦为一景。

也有人腌菜薹时，放入辣椒丝，又酸又辣，也不失为一种改良。不过，菜薹的青鲜味被辣味盖了，算是一得一失。此菜中，如有老菜薹，吃起来更是妙不可言。老菜薹不能咬，咬也咬不烂。最上乘的吃法是哑住菜薹一端，轻轻吮吸。菜薹内部已经软化如冻肉，一吸即出，又软又柔，似肉非肉，如果冻一般，可又比果冻多了一种酸味、鲜味、自然味。吃这菜，不要下饭，也不要饮酒，否则会败了口感。

可是，奇怪的是，村里人并不等菜薹老了再腌，说这样做可惜。

这真是太可惜了！

大概是受腌菜薹的启发吧，村里人又发明了腌红薯秆。这个秆，不是藤，是叶柄处的秆儿，趁还绿还嫩时掐了，不要叶子，切成极短的小段，如腌菜薹一样腌制。这道菜，又要特意放上红辣椒丝，还有煮得半熟的黄豆，为的是压制红薯味。一月后开封即吃，酸、辣、香兼而有之。

吃这菜，宜饮酒。

有一年冬月，天太晚了，漫天的大雪纷纷扬扬。我回到家，母亲拿了一碟此菜，倒了一小壶酒，我独饮独吃，碟空壶干，昏昏睡去。这事过了十多年了，我一直清清楚楚地记得，感觉很温馨。

此菜最爽快的吃法，是用三指去撮，一口菜一杯酒。用筷子夹，忒费事！

韭　菜

"老杜"诗里说："夜雨剪春韭，新炊间黄粱。"春韭得剪，贴住土门在夜雨中剪更好，断茬处不经日晒不受伤。第二天清晨起来一看，嘿，又是一片嫩绿。

春韭煎鸡蛋很好，但韭叶要切得长一点，不宜过碎。青黄相衬，白盘一装，夹一箸，简直让人舍不得吃。

有人吃虾，爱吃虾肉，殊不知虾壳更有鲜味。虾壳中应放入韭菜。做法也很简单，先把虾壳下锅焖，焖熟后舀起来。再烧红锅，下清油，沸后，"唑啦"一声将焖熟的虾壳倒下去，然后放上几段红的干辣椒，不切，是整段的。

接着炒，反复地炒，炒得虾壳发亮，辣椒冒油光。这时，把韭菜下锅，炒几下即可。

怎么吃？下酒呗。

这时的虾壳，又辣、又香、又烫嘴——怪，烫有时也是一味，一种说不出的味。韭菜味这时就见效果了，掺在其中，有一种嫩鲜味，和着其他味进嘴。那种口感，只有一个字——爽！

但是，虾壳夹起仅仅是放在嘴里吮咂，咂出其中蕴含的味。有吃货外行，闻香见菜，食指大动，夹着就吃，咽入肚中，就贻笑大方了。

韭菜入虾壳中味美，还有一种吃法味道更美，属于本人独家秘方。

世人只知煎饼味美，尤其北方人，一口煎饼一口蒜薹，"咯吱咯吱"地吃。如此吃法，不妥。当然，这不能怪他们，因为他们也不知还有另一种吃法：煎饼卷韭菜。这儿说的韭菜，不是"老杜"诗里说的韭菜，而是腌制过的韭菜。

韭菜切长段，与红辣椒腌制，好看，更好吃，尤宜于就煎饼吃。正宗的吃法，弄一碟腌韭菜放在灶台上，接着，和面，做煎饼。薄薄的煎饼一起锅，卷了韭菜，靠着灶台，大口吃，一卷下去，再来一卷……这是我外婆的做法。

小时，我和妹妹去吃过，一人四卷，吃罢，撑得俯下身子爬不起来，"哎哟哎呀"地叫唤。

外婆逝后，我再没吃过这菜、这饭了，因为，很难遇见这样两全其美的做法，有的人做的煎饼薄，却不会腌制韭菜；有的会腌韭菜，却摊不了纸一样薄的煎饼，因此，只能徒叹而已。

豆　腐

豆腐当然不能算野菜，写在这儿，显然有些离题。不过，小村人有一种独特的吃法，我不得不说，以飨食客。

一般人吃豆腐，爱开包后放着，要吃时再切。小村人不，开包就吃，方法特简单，味道特妙，简直妙不可言。

豆腐开包前，先用辣椒面、五香佐料、精盐，还有蒜末，搅在一起，兑上水，分倒在碟子里——几个人几个碟子，拿在手里，吞着口水等着。接着，掀开包袱，热热的豆腐冒着香气，快刀切下，长方形、条状，一人一块，拿着蘸着碟内的汁水吃，吃一口蘸一下，啧啧有声。一块吃完，再来一块，如此反复，直到打着嗝吃饱了为止。

每次打豆腐，只能吃一顿，因为，豆腐一冷，就没了那种味儿。什么味？我实在说不出来。好味道，就如艺术品，如唐诗宋词，可意会不可言传。

可惜，这种吃法在别处少见。我屡屡提醒周围的人，但他们都一笑而已，不见去实验。

相对于这种吃法而言，豆腐的其他吃法，都算暴殄天物了。

第二辑

用炊烟养心

草木语言

在城中，花草是装饰，是点缀，是宠物，却比宠物次一等。它们被种在花盆中，或放在阳台上，或放在花架上。有娇嫩一点儿的，则养于深闺中。

城市里的花草娇贵、可怜，很少见风日雨露。

乡下的则相反。

乡下的花草，生长在院子里，土堆边，或是公路边，很随意。有的是特意种上的；有的则是风吹来的，鸟落下的——一颗种子，随意一落，风雨一吹一润，生根发芽，长成一花一叶，一树一果。总之，没人拿着喷壶一天天地浇水、照看、侍弄。

花草长在院子里、土堆边，这和乡下人相似，随遇而安。大概是因为性气相通吧，乡下人能和它们交谈，能听得懂它们的话。

草木能语，这是城里人不相信的。

草木之语，城里人也是听不懂的。

一

在乡下，一到正月，就要种洋芋。

种洋芋的地是坡地。洋芋命贱，若种在肥地里，反而只长秧子，一地绿乎乎的，无边无际，一镬挖下去，下面的洋芋只有指头肚大。

爹说，洋芋这东西命硬，和农人一样。

于是，到了秋冬，庄稼一收，总有一块坡地空在那儿，闲闲地放着。这地，得是阴坡，得是沙地。四周的麦苗长起来，青绿一片，如一床毯子。而这块地，却安静得如一个邻家女子，看着别的女孩出嫁，一点儿也不急。

它，是给洋芋留下的。

种洋芋，在乡下一般是不用化肥的，用的是火粪。

到了正月，初五一过，爹拿着刀上了坡，将荆棘啊、树棍啊、茅草啊，割上一大堆，堆在地中间。过两天，阳光一晒，干透了，爹就拿了锨准备上坡。我们小孩子一见，知道是烧火粪，也嗷嗷叫着跟了去。

爹在地上竖着并排挖了几条渠，做了通风的烟囱。然后，把柴草平铺在上面，堆码整齐，一锨锨用土浇得高高的，谷堆一样，然后手一拍，如将军一样喊一声："点火！"

我们欢叫着，像过节一样兴奋，东边点一把火，西边点一把火，顿时，火堆燃起来。我们伸着手烤着火，脸被烤得红通通的。

爹点上烟，坐在旁边吸着，火灭了，喊声："走嘞。"

我们也喊一声："走嘞。"

走了好远后，回过头去，我们看见一缕浓烟仍在蓝天下直直冒起。爹说，土堆里的火还没熄，熬着吧，熬了几天，开始筛火粪。火粪筛好，泼上大粪一拌，就能当肥料种地了。挖一个坑，扔上一个洋芋，放上一把火粪，再盖上土。

有时，我也跟着上坡。年纪虽然小，我却能帮得上忙。

一块地种完，回家路上经过河边，爹看见柳树，总会撂上一句："柳树发绿，点种洋芋。"我一抬头，河边的柳条果然绿了、软了。河沿上有一树野桃花，冒出淡红的花苞。

那天是正月十四，多年后我还记得，因为，第二天就是正月十五。爹说，种完洋芋，好好过十五。我听了，感到很快活，无来由地快活。

二

小时候，婆常常念叨："茶芽一冒，清明就到。"

我眨着眼睛问："茶芽是啥？"

婆张张嘴，又眨眨昏花的老眼，说了半天，也没说清什么是茶芽。那时我很小，只知道茶是叶子状的，哪有芽啊。婆也说不清，因为她说的是一句当地的谚语，她老人家也没见过茶芽啊。最终，婆无奈地拍一下我的头说："打破砂锅问到底，硬要问砂锅能煮多少米。"

长大之后，我看到了茶芽。

故乡在山里，山不高，像圆圆的馒头一样，长着油桐树，长着槐树，一片一片的。到了四月，一山白槐花，一村子的香气。秋天，油桐籽长得比鸡蛋还要大。

山坡是沙地，不瘦，不敢说一把攥出油，但也黑黑的。

有一年，县林业局的人来了，看了说，好地，种茶吧。于是，一车车茶籽送来。人们在山林里挖上坑，将茶籽埋下，待它们发芽长高后，把其他树一砍，仍是一片青绿，一片香气，不过不是花香，是茶香。茶叶真香啊，尤其是六月里，蹲在茶林中，热气一蒸，漫天清香，自己也仿佛变成了一粒茶芽。

茶芽吐出时，正是三月。

那时，刚修剪过的茶枝，密密麻麻，上面冒着一层茶芽。有人说，茶芽如蚁。这比喻很恰当，茶芽确实细小如蚁，不是绿色，而是一种更淡更嫩的颜色，上面有一层茸毛，白乎乎的。尤其是早晨，站在茶林边一望，一层白乎乎的雾气中，每一粒茶芽上凝结了一颗露珠，晨光一照，一片彩线，很耀眼哩。

茶芽出来了，清明也就来了。

这时，一家家的坟山上，就会零零落落响起鞭炮声。在明澈的阳光中，没有悲戚，没有伤感，有的是一种温馨。清明，是一种回归，一种寻根，一种反哺式的报答。乡下人做得有条不紊，古风浓厚。放过鞭炮后，会在坟前放一壶酒，几个酒杯，还有几碟菜。

每年清明，茶芽一起，我在远方就想到了婆的话，"茶芽一冒，清明就到"。

婆活着的时候问："旺儿，长大了，清明祭婆不？"

我说："祭！"

婆不放心地说："走远了呢？"

我脆生生地说："走远了也回来祭。"

婆就笑了，眯上了眼，亲着我说："我的孙子好孝顺啊。"

婆已离世十几年了，多少个清明我都身在异地，没空回家。只是那句谚语我还清清楚楚地记得——"茶芽一冒，清明就到。"

三

结巴草是一种很难缠的草，在乡下，农人说起结巴草，不是说讨厌，而是说难缠，结巴草好像是一个顽皮的娃娃，纠缠着他们，让他们撒不开手。

结巴草真难缠。

这种草，生命力超强，田埂上、小路上，它们都能茁壮生长。至于田间，更是它们铺张伸展的好地方。它们一节一节向前铺展，每铺展一节，节上就生根，扎入土中，长成新的草。这样一来，一丛结巴草，几天之后就会铺成一片。

这种草，扯下来后，不能随意扔，随意一扔，几天之后，它又扎根生长，因此，有经验的农人把它扯了，一堆堆堆起来；也有人随手把它扔在玉米叶上，或者挂在玉米棒上——它挨不着土，也就无法再生长。

乡村人，就是依草而生、依草而活的。一方面，他们和草搏斗着；一方面，他们又离不开草。

他们恨结巴草，可是，又爱着结巴草。

他们说，结巴草长，六月栽秧。

老家栽秧不是用机器，田块很小，机器施展不开本事，所以，只有用牛整。有一个笑话说，有一家请了一个牛把式，告诉他，今天要整十五块水田。牛把式吓了一跳，到了地里，才松了一口气：一块地只有席子大小，很快就整好了。可是整罢，左数右数也才十四块。无奈之下，他拿了斗笠准备走，这才发现，斗笠下还扣着一块水田。

地块不大，但人们栽秧却十分细致。

我曾栽过秧，左手捏秧把子，右手分出几根秧苗，往水田中一插。插秧，是个技术活，不能深，深了的话，再次返青生长十分缓慢；也不能浅，浅了，会随水飘散。

一天秧栽下来，腰腿酸痛，晚上都睡不踏实。不过，经过秧田的时候，指着那几行秧苗对别人炫耀："那是我栽的，长势咋样？"那种得意之情，是难以表述的。

那种得意之情，我已经十年没再感受到了。

四

一直以来，我都把这句谚语说错了，我以为是"山红石头黑，穷人种早麦"呢。我们那儿的人，"穷""勤"读音不分。前段时间，娘来城中看我们，住了一段时间。有一天，她早早起来，坐在阳台前的窗子旁，望着外面的山。许久之后，她长叹一声："山红石头黑，穷人种早麦。"

我不解地问："娘，种早麦的人家理应富足啊，怎么会穷呢？"

经过娘解释，我才知道，是"勤人"，勤劳之人，不是"穷人"。

几天后，娘就回去了。在老家，娘还有两块田，合在一起还不到一亩。但是，娘把地收拾得很平整，每年此时，娘都会在地里撒上麦子。

在乡人的认知里，地的作用很窄，就只能种庄稼。

近几年，乡里引进了黄姜，还有丹参，很来钱。可是，一些老年人专弄了一块地，上足底肥，放着种麦子。无论儿女怎么劝说，他们都不同意种黄姜和丹参。用他们的话说，那些东西喂不饱肚子，没庄稼来得实惠。

于是，一到秋季，麦苗仍然是小村的一道风景线。

种麦子时，土地已经空旷了许久，已经吸饱雨水，蓄势待发。这时，牛把式来了，犁架上，牛嚼着草。早晨的雾升起，遮住了近处的田、远处的地。远远的，传来挖地的声音，还有咳嗽声。他提了化肥，在田里一撒，然后拍拍挎篮，意思是撒好了。

牛把式扶了犁，鞭子一摔，抖起一朵鞭花。犁铧划过，潮湿的土块翻起，土气上升，雾更浓了，里面还弥漫着泥土的味儿，很好闻的。间或，从雾气里传来说话声，还有小牛犊子哞哞的叫声。这时，它们在田间撒着欢，十分欢快。

地犁罢，还要撒种子。

种子撒罢，还要把地整平，把土坷垃敲碎。一整套的工序，很麻烦的！

乡下人常说，种地就是麻烦事，怕麻烦，就别种地啊！好像他们做的是多么神圣的事情。这种神圣，只有他们体会得到，只有锄头体会得到，只有长天大地体会得到。对，体会得最清楚的应当是草木。不信？你也听听草木之语。

小村的年节

一

家乡的小年，在腊月二十四。

我们那儿有一个传说，"小年之夜，老鼠嫁女"。这天晚上，据说，老鼠会把自己的女儿打扮一新，吹吹打打，用一顶花轿送往婆家。

第一次听到这个故事时，我还小，大吃一惊，老鼠的女儿会有谁要？于是问："嫁给谁啊？"

母亲一笑说："给猫啊。"

我更是吓了一跳，猫和老鼠可是死对头，现在竟然成了亲家，老鼠还亲自送女儿去，不怕让老猫给一口叼了去？母亲说我是"打破砂锅问到底，硬要问砂锅能煮多少米"。其实，她也说不清，因为她也是从外婆那儿听来的。外婆呢，估计是从外婆的母亲那儿听来的。而且，母亲还说，半夜里把耳朵贴到磨眼上去听，能听到唢呐声，还有鞭炮声，还有"吱呀吱呀"的抬花轿声，那就是老鼠在嫁女了。

老鼠嫁女，为什么得在磨眼旁听？为什么得半夜去？这些，母亲也说不清。

我一直打算去听听，可是，从小到大，每一次腊月二十四晚上睡一觉，再醒来，都已经天亮了，老鼠的女儿已入了洞房，我也因此一直没有听到过磨眼中的老鼠嫁女声。长大后，我才知道这是个故事，一笑了之。再仔细想想，我就笑自己傻。于是，这个传了一代又一代的故事，也就无法再传下去了。

因此，儿子从来不知"老鼠嫁女"一事。

时下的小孩，只怕连听也没听说过这个说法了。

现在，我们有电视，有电脑，大家都忙着看这些去了，很多美丽传说都和我们挥手作别，其中也包括"老鼠嫁女"。更何况现在也没有石磨了，磨眼更无处可寻，若是一讲，孩子们要寻找磨眼听"老鼠嫁女声"，不是纯粹自己给自己找麻烦嘛。

在故乡，腊月二十四前，得把过年吃的东西置办好，苞米粒得炒了，黄豆也得炒了。家乡过去不是用机器炒，是用锅炒的，在苞米粒里搅上细沙，朝锅里一倒，烧起火，炒起来。苞米粒里混沙，是避免炒煳。每次只能炒一碗，一碗苞米粒倒进热沙里，"咯咯叭叭"，像放鞭炮一样，爆米花乱炸乱跳，一片雪白。我们围着灶台叫着跳着，把飞出的爆米花一把抢来塞进嘴里，又烫又香。

然后，炒黄豆，方法一样，但黄豆得提前用水泡一下，鼓胀一些，这样才能炸开皮，咬在嘴里"咯嘣咯嘣"的才有味。

还有油条，还有麻叶。

麻叶是一种三角形的面片，放进油锅里一滚即出，时间不能长，长了就炸老了。然后用笊篱捞出来，放在那儿，金灿灿的，泛着香味。

这些东西，老鼠爱吃，不过，小年之前它们不敢偷嘴，因为有猫看着。小年之后就不一样啰。用母亲的话说，猫、鼠成了亲家后，老猫睁一只眼闭一只眼。那时，听了这话，我暗暗不满于老猫的徇私舞弊，所以揪了它的胡子。老猫"咪呜"一声叫，很委屈地跑了。

那些吃食放在哪儿，我们是清楚的，玩累了就跑回来，悄悄装上一些，分给同伴吃。

可惜，这些吃食现在也没人做了。炒爆米花，可以用机器。其他东西哪有卖的饼干、瓜子好？因此，腊月二十四，终于冷清下来。

在童年的记忆中，一到腊月二十四早晨，太阳还没照亮窗户，我们就早早爬起来，不用母亲喊叫，也不睡懒觉了，穿了衣服，跑到院子里。一群小孩叽叽喳喳叫着，有的说："我妈准备炒爆米花呢。"也有的显摆："我家还准备炸油条哩。"显摆完，大家又纷纷向家里跑去，如果家里缺哪一样，一定哭闹着不干，必得做上一点，才带着泪水又笑起来。这时，母亲总会说："猫脸，一会儿哭一会儿笑的。"

母亲说时，也是一脸笑容。

到了半上午，"咯咯叭叭"炒爆米花的声音，就东一家西一家响起。年味，也就从空中，从这响声中，从孩子们的叫声中，一点一点走近，走入小村中，走入千家万户中。

小年时，村人在收获一种幸福、一种新年的喜庆、一种年味。这些，对现在的孩子们来说，已渐行渐远，遥不可及了。

有时想想，真替现在的孩子们感到惋惜！

二

扫阳尘，是过年前的一种仪式，大多在腊月二十六左右。为什么在腊月二十六呢？也是有原因的。

老家人在小年这一天，会炸油条，炸麻叶，同时，会炒苞米、黄豆。炒这些，得用沙，也有的用柴灰，柴灰炒出来的香，筛净后不会掺沙子，不硌牙。可是用灰炒，也有不好的地方，灰会到处飞，房子里的家具上都会蒙上一层灰。

所以，扫阳尘的时间要是早了，腊月二十四炒完吃的东西，还得再扫一遍，因此不如推迟一点，把两次当作一次扫。

扫阳尘的方法很简单，一早起来，吃过早饭，然后用一根长竹竿，上面绑上一把扫帚，没扫帚的绑一把草也行。然后戴上草帽，还有眼镜，免得落下的灰尘脏了头发，迷了眼睛。把房前屋后、檐前檐上，一齐扫了，包括墙角的蛛网，还有烟囱的烟灰，以及煮饭的油污。有时扫着扫着，保不准会捅了一个老鼠窝，"嗖"的一声，一只老鼠跑出来；又"嗖嗖"几声，几只小老鼠一块儿逃出来。这时，老猫不再卧在太阳下打鼾了，"呼"的一声追了过去，一个上午都不见了影儿。到了吃饭时，它"咪呜咪呜"地叫着，垂头丧气地到了主人面前，一看，就是一副失败的落魄样。

在老鼠面前，猫永远是强大的，可又永远不得志，不然，老鼠早就被消灭完了。

扫阳尘时，细致的人还会捅烟囱。由于怕失火，我家把烟囱弄得曲里拐弯的，安全倒安全了，可烟囱常阻塞，难冒烟，常常一塞柴，黑烟就席卷而下，妻子咳嗽连连。扫阳尘时，无论如何也扫不成。我灵机一动，找来一根放水的皮管，顺烟囱放下去，随弯就弯，打通烟囱，烟灰竟有一土筐子。妻子对我的智商敬佩不已，说她自己怎么就没想到呢。

阳尘扫好，才是一半。

接下来，得趁势抹桌子，洗茶盏茶杯、酒壶酒盅：前者，是天天要用的，得泡茶喝茶；后者，是过年要用的，马虎不得。

过去，乡下的窗户不是玻璃的，是纸糊的，一年一换。换窗纸也是在这时，过年时没时间，那时要贴对联、挂灯笼，还要在猪圈里贴"槽头兴旺"的横额，在树上贴"对我生财"的祝福语，忙得很呢。

窗纸一般用细白纸，白生生的，用白面糨糊轻轻一刷，贴在窗框上，严丝合缝。外面风呼呼地刮着，很冷很冷，里面却如小阳春一样暖和。再拢一盆火，拿一本书坐着看。屋中一片洁白，真如下雪了一样哩！有时睡到半夜，突然醒了，房内白亮亮的，有种"已讶衾枕冷，复见窗户明"的感觉，心想，下雪了吗？可没听见折竹声啊。忽然想起，是贴了新窗纸，心又落实了，静静地睡了。

扫过阳尘的房是净的，窗是净的，东西也是净的。住在里面，心也是净的。不久之后，年就到了，年也是净的，一尘不染地净。

三

一年中的最后一个夜晚即除夕，这晚要守岁。唐代诗人说的"故岁今宵尽，新年明旦来"有种辞旧迎新的意思。

可是，小村守岁，又不仅仅是这样。

小村的守岁，有一种对过去的怀恋，有一种不舍。

过去，让人难以割舍。这一年来，春花秋月，夏蝉冬雪，一天天就这么走过来了。大家走得很艰辛，走得很劳累。有的人出门在外，四处漂泊；有的独守家园，守着一份寂寞、一份等待。过去的三百六十五天里，固然有痛苦，有忧伤，有思念，有泪；可也有喜悦，有兴奋，有快乐，有笑。无论是喜悦还是忧伤，无论是幸福还是痛苦，家里人都平平安安走过来了，真得感谢生活，感念这一个个美好的日子。

现在，它们要走了，再也不会回来了。

大家坐在那儿，送它们离开，就如送自己远行的亲人，心中总有一丝依恋。

小村守岁，还守着一份热闹、一份乡邻间的亲近。

团年饭吃过，团年酒喝过，大红灯笼点了起来。房子，还有场院，甚至天空，都映出一种淡淡的祥和的光。这时，一家家扫了地，泡了茶，装了瓜子，坐在那儿。屋子里灯光亮亮的，门大开着，有种"守岁多然烛，通宵莫掩扉"的古韵。

这时，是没有远客上门的。上门来坐的，都是左邻右舍，是不久前从远方归来的乡邻。

在外面待得太久了，回来时，又赶上腊月，大家都忙着置办东西，忙着擦玻璃、洗杯盘，忙着买对联、购年货，谁都没有空闲。现在，终于到了除夕晚上，大家都闲了下来，此时正是聊天的好时候。村子里的人很少同姓，但大家辈分排得明明白白，坐下后，一杯茶，一盘瓜子，嗑着谈着，谈着外面的事情，谈着自己的遭遇。谈到得意处，大家都笑；谈到失意处，大家常是一声长叹："哎，总算过来了，以后就是阳关大道。"一席话，一炉火，就是一片春天。

小村，也因此格外温暖，格外让远行的人牵肠挂肚。无论远隔千里万里，无论多么舟车劳顿，在外的村人，到了腊月二十四，都一定要赶回来，过上一个年，正月初六再出去：这样，一年在外，就有个盼头，心里一想起远方的家，就有种热和劲儿。

当然，守岁，更有一种对未来日子的等待。

一般来说，大家无论如何都要坐到十二点后，钟声一响，就算等到了新的一年。这时，远远近近响起鞭炮声，有的人甚至放起了烟花。一时，小村的夜里烟花如雨，一片晶亮。这，在小村叫迎岁。

迎岁后，新的一年正儿八经地走入了小村。

小孩，此时才可以出去玩耍。

小时候，每到此时，我们高兴极了，成群结伴地跑出去，一人手提一盏小灯笼，里面是一支蜡烛，在村子里跑着，叫着，一会儿上，一会儿下。母亲见了忙说："慢着慢着，小心灯笼烧着了。"我不信，蜡钉在里面呢。我将小灯笼用棍子挑着，划着圈子，划了一个又一个。一不小心灯笼烧着了，我便哇哇地哭着跑回家。

第二天晚上，那个灯笼只能被挂在墙上。

一晃几十年过去了，那个灯笼早已没了影子，而我的童年仍在小村守岁的记忆里叽叽喳喳地叫着，就是不肯走出来。

故乡一轮月

一

故乡的月很美，因为，这儿有树木，有笑声，有院子里到处跑着，叽叽喳喳叫着的孩子。这些，都是月的背景，是月的陪衬，都让月变得更加温馨，更加迷人。

每一次回望故乡，回望故乡的那轮月，我的记忆都会回到童年，回到童谣里的时光。

那时，我很小，常拉着娘的手指，靠在娘的腿边。院子里，虫声唧唧，如一滴滴亮亮的水珠，一闪一闪的。娘教我童谣，那支永远的童谣："月亮走，我也走，我给月亮来引路，一直引到娘门口……"

教着教着，娘突然一抬头，指着天上道："月亮被引到这儿来了。"

真的，我抬起头，那轮月亮正紧紧地跟着我们，一直跟在我和娘的头顶上，亮汪汪地照着，照在童年的歌谣里。多少年了，娘老了，童谣也老了，只有月亮依然那么年轻，一到中秋，圆圆一轮，依然是那么清亮亮地贴在天下。

这，就是山村的那轮月亮吗？

这，就是我童谣中的那轮月亮吗？

如果是，那它一定就是那轮曾经跟随着我和娘的月亮。

山村的月夜啊，永远那么静，静得如一个琉璃世界，没有一丝尘埃，没有一点儿渣滓。月亮是从东山顶上爬上来的，它爬得很慢很慢，一直爬过三爷家的榆树，爬过二叔家的那棵大椿树，爬到我家院子的一角，圆圆一轮，照在地上。

这时，月就像娘，拉着我的童年走过田野的娘，慈祥地望着我。

我笑，它望着我。

我哭，它也望着我。有时，眼睫毛上挂一颗泪珠，它就会跑到我的泪珠上来。这时，娘不哄我了，突然惊奇地说："呀，这儿挂着一个月亮。"

我不哭了，问娘："哪儿啊？哪儿啊？"

娘在我眼前伸手一抓，朝空中一扔道："飞了，飞到天上去了！"

我按娘手指的方向去看，果然，那轮月飞了，飞到我头顶枝梢上的那角天空去了，白光光的。我望着月亮，眼睛一眨一眨的。月亮也对着我一眨一眨的。我把头摇过来，月亮也摇过来；我把头摇过去，月亮也跟着摇过去。我转身就跑，月亮也跟着跑——月亮是个跟屁虫，它跟着我，就像我跟着娘一样。

儿时，跟我跟得最紧的就是娘，还有一轮山村月。

二

我当然爱玩"打仗"了。

那时，夜晚的院子像被娘用抹布擦拭过一样，干干净净的。在坡上薅草、挖地的大人都回来了，坐在院子里纳凉，摇着蒲扇，细细碎碎地说着话。

远处的坡脚下是一片秧田，月光泼洒下来，在秧苗上，在水田上反着光，一闪一闪的，老远看过去，真像一面镜子。

后来，漂泊到城市里，我再也没有见过这样明亮的镜子了。

水田里传来青蛙的叫声，呱呱的，很脆亮。我们一群孩子在月光下互相追打着，叽叽喳喳地叫着，月亮也被激荡出一波波的水纹。一会儿，我们跑进一团团树影中；一会儿，我们又跑到有月光的地方。

我们很高兴，有时也会闹矛盾。

一次，我和邻居小成闹别扭，我不许他家院子的树影爬过我的墙头。他眨眨眼，指着我家的南瓜藤，说："你家南瓜藤呢，爬到我的树上了，收回去。"

我收不回去藤，他也砍不了树。一时间，我们不分胜负。

只有月光下的南瓜藤在清新地绿着，爬了一墙；只有树影一团团地沁在地上，影影绰绰的。一会儿，不知怎么的，我们又和好了，打闹起来。娘笑着说："一对狗脸，一会儿笑，一会儿哭的。"娘在月亮下的黑影中没笑出声，可是我知道，娘真的笑了。

三

山村的那轮月啊，尤其到了中秋，格外亮，也格外润。

娘说，那是雨水润了的，很干净。

真的，在山村里，一到七八月间，雨水就特别地多，就扯着布帘儿似的，下个不停，遮住天，遮住地，遮住人家的屋子。我们急了，我们不喜欢雨，喜欢月亮。于是，我们就把锄头还有秤砣啊什么的都扔到雨地里。娘说，那叫压雨，这样一压，老天爷知道娃娃们不喜欢雨，就不下了，月亮也就出来了。

有一次雨下得时间长，我实在憋急了，把菜刀也扔到了雨地中。娘急了，说："瓜娃哎，那是菜刀哎。"

雨，最终还是停了。

夜刚刚到来，月就出来了，而且，随着时间变换，月一天天地圆了，变得丰盈起来，明亮起来。院子里，我们的笑声也就如繁星一样多了起来。中秋的夜，一眨眼就到了。娘从屋里走出来，总会让我闭上眼。我就很听话地闭上眼。娘拿着一块月饼，让我咬一口，问："好吃不？"我说"好吃"。娘也笑说"好吃"。"好吃"，在我们那儿是馋嘴的意思。

娘拍拍我的头，把剩下的月饼给我。

我说："娘，你也吃吧！"我把月饼放在娘嘴边，娘做出狠狠咬一口的样子说："好了好了，好吃着哩。"

我于是就拿着月饼，高高兴兴地跑到院子里。

院子中，瓜豆已老，葡萄一天天黑了，一片片叶子在月下摆动着，仿佛在抚摸着月亮，就像娘，伸着手在抚摸着我的童年。

月亮上有桂花树，是娘说的。娘说："看见没有，桂花树？"我抬起头，真的有，模模糊糊的好一大片，像王叔家的竹林。娘说："月亮里还有一个女孩，长得好漂亮好漂亮，看见没有？"我眨着眼看，可怎么都看不清。

我问娘："她不睡觉吗？"

娘说："睡，晚上醒着，天亮了她才睡。"

我想，她真怪，咋和我不一样，我可是晚上睡的。这样想着，我就打个呵欠，眼睛就慢慢迷糊起来，在娘怀中蒙蒙眬眬地睡了。月亮下，从对面山上隐隐约约传来一声声鸟叫，娘轻轻地嘀咕："叫啥叫，莫惊了我娃。"然后，娘轻轻地抱着我进了屋子，轻轻地把我放在床上。

在梦里，我经常看到一轮月亮，亮亮的，还有一个女孩在月亮里唱歌。半夜我醒了，要撒尿，仍然看到那轮月亮挂在窗外，照着好大的山啊，照得白亮亮的。

四

我那时很小很小，小得无论如何也不会想到，有一天童谣会远去，娘会老。我更没有想到，有一天我会长大，一步步离开故乡，离开娘，离开村里的那轮月亮。

我一步步走远，走过山洼，走过小河上的石桥，走出大山，走进城。

只有娘守在乡下，守着那轮月亮，守着一段不老的童谣，也守着一段寂寞的逐渐老去的时光。

又是中秋了，一轮月又慢慢圆了。

站在异乡的高楼上，我的记忆又一次回到童年，回到故乡的月下。我又一次依偎在娘的怀中，随着娘唱着那支不老的童谣："月亮走，我也走……"

最忆是小镇

一

镇很小，被四座山围着。山有近有远：近的就在镇后，危峰兀立，巉崖陡起，如牛奔跑，如虎搏人，触目惊心。远的，则躲在视线的尽头，仅有一线，如纤眉一样皱起。纤眉深处，有一两缕炊烟淡淡升起，在远远的晴空卜划出一撇，写意画一般。

当然，时时隐约有鸡鸣声传来，长久地流荡在山林深处，暗示着山林深处藏着几户人家。

山上的寺庙很多，点缀在近处、远处的山上，有的一宇独立，飞檐翘起犹如一鹤；有的三间五间簇拥着，自成一个群落，古朴庄重。一早一晚，会有一杵一杵撞钟的声音传来，荡漾在小镇的上空，催促着小镇的人早起或者休息。间或，也有和尚下山化缘，见了人双手合十，念一声"阿弥陀佛"，到了日暮黄昏，衲衣飘飘，回山而去。站在镇街上，远远地能看到僧人的身影，在落日的余晖里，沿着弯曲的石阶一步步上去，一直走成一个黑点。

小镇的天，也就慢慢黑了下来。

小镇，也就淹没在了万家灯火中。

二

小镇的居民来自江南，这是他们说的。他们说，那年，朱洪武坐了龙庭后，打败了张士诚，张士诚的部下就被流放到这边。这些人来到这儿，看见天这么蓝，好像青花瓷一样；看见水这么清，好像碧琉璃一样，很有点微型江南的意味。于是，他们一屁股窝下来就不走了。久而久之，这里就成了一个镇。由于小镇处在一川薄土上，随水弯曲，所以就叫漫川。

这是传说，待考。

但是，这儿的居民有江南人的韵味，却是真实的。

这儿的女人，一个个长眉细目，那皮肤犹如樱桃，吹弹可破。性格则如水，笑的时候，不像别的地方女人"咯咯嘎嘎"的，母鸡下蛋一般。她们笑时，只咬着唇，脸上一对酒窝一绽，如开冻后的一汪春水，就把人心给融化了，长出一片嫩草，长出一个姹紫嫣红的春天。

至于说话，她们爱用儿化音，尾音长而柔，如一丝七彩花线，袅袅一缕，"你是哪儿的？""你看柳条儿。"诸如此类。待到有人回头看，忙抿了嘴，脸上飞出两抹红晕，转身走了，一直走进深深的小巷。高跟鞋声在空静的小巷里一声声回响，逐渐远去，最终没有了。

只有小巷在粉墙两边延伸，只有阳光在小巷里跳跃。间或，传来一声木门"吱呀"打开的声音，随即又关了。

小镇女子也笑，也叫。几个同伴下了镇河，浣洗衣服时，叽叽喳喳的，不知说着什么。突然，她们疯笑起来，你浇我一捧水，我浇你一捧水。看到有人经过，大家忙停止了打闹，低着头洗起衣服来，睫毛长长地垂下去，遮着眼睑。

　　一时，镇河静静地流淌着，如一匹缎子滑向那边山的拐弯处。

　　小镇男人则有隐士味，什么时候见了，都背着手，不慌不忙地走着，有种闲庭信步的样子。

　　这儿的男人特别爱养花，什么胭脂梅、醉海棠之类，弄上一盆两盆，到了夏日黄昏，搬张躺椅躺在门外廊前，面前放着两盆花儿。有人来了，赞上一句"好花"，主人乐得满脸阳光，心满意足，哼着歌儿如拾了一个金元宝似的，递上烟倒上茶。如果没人赞，主人则会觉得心里怏怏的，好像缺失点什么。

　　养花之外的嗜好，就是讲究吃喝。

　　小镇男人对吃喝，不是一般的讲究，而是达到了一种极致。他们不挑食，但饭必做精，菜必做细。吃饭时，即使是糊汤，也一定要配四个以上的菜，用瓷盘盛着，红白黄绿，放在桌上。桌子一定要放在廊前。然后，男人抄把竹椅，坐在桌前，喊声："酒啊，没酒咋吃饭啊？"

　　小镇女人马上会拿来一只瓷壶，还有酒杯。

　　小镇男人吃着，喝着，凉凉的小风吹着。那日子像什么？像"欢言酌春酒，摘我园中蔬"中的诗境，像陶渊明的《归园田居》中的诗境。当然，女人也会陪两杯。苞谷酒劲儿大，两杯以后，女人的眼睛就起了一层氤氲的雾气，蒙蒙眬眬的。

　　小镇女人的温柔，让外地男人见了万分怜惜。

　　小镇男人们的日子，让外地男人见了分外眼红、妒忌。

三

　　小镇多水，五条河，都清清静静地流着，一早一晚，映着日光和月光，就有了灵气，有了诗意，有了风情万种的女人味儿。小镇的水边，大多植柳，也有杨树，但柳树居多。一到春季，柳条就吐芽了，就柔软了，一条条垂下来，一直垂到水面，和水里绿色的影儿连起来，就如一根根绿色的丝带。一河两岸都是如此，因此，一条水就是绿的，如一片绿色的梦。

柳影里，有女孩提着竹篮下河洗菜，或者浣衣，红衫子、白衫子，映衬着绿绿的水面，也映衬着青花瓷般的天空：一切，此时都变得活泛了。

因为水多，所以，小镇的桥也多。这儿的水泥桥、木板桥还有石板桥随处可见，架在粼粼的河水上，贯通两岸。

水泥桥多为半月形，和水中的半轮影子一起，恰成一轮满月。水穿过桥洞，就像从月亮里流出。几只鹅扑棱着翅膀，嘎嘎地叫着从桥洞中穿过，划动着脚下的清水，也划动着一朵朵白云的影子。桥旁有碑，碑上有铭文，或记桥名，或载造桥时间，也有的镌刻着捐款造桥的人的名字。

这儿的很多小桥都是民间集资建造的。镇子东头古树下有小小一桥，桥洞为六角形，美而精致，连着镇街，一直到通往山上寺庙的石阶。

至于木桥，小镇人偏不让它直直地穿过水面，好像那样太过呆板似的。于是，水面上，一座座木桥，弯曲折绕，穿过河面，乍看之下，犹如玉带横腰，薄巾束衣。人走上去，晃晃悠悠，脚下是云朵，是蓝天，很有些行于云端的感觉。

在小镇期间，每到春季，稍有空闲，我就会一身单衣，踏过木桥去看杏花。出了镇街就有一座木桥，木桥那边，白墙黛瓦的侧旁有一棵杏树，一到春来，花事十分繁盛。那家有个女孩，时时出来涤菜，见我看花，盈盈一笑便走了。

离开小镇已经五年，那树杏花花事如何？那个女孩是否还记得当年的看花人？

一切都是缘分：和小镇是这样，和小镇的人也是这样。

四

游赏小镇，宜春宜冬，宜雨宜晴。

春天里、尤其是杏花细雨天，撑一把伞，一个人静静地走着。石子小巷、戏楼古寺，都掩映在风片雨丝中，如写意画一般。有时，从巷子的拐角处，突然传来一声二胡的咿呀声。转过去，古老的戏楼，飞檐翘角，栏杆横斜，让人一时如同置身唐诗宋词里，真不知今世为何世。

至于晴日里的小巷，清风如水，暖阳如酒，燕子来去，叽叽喳喳，寻找着旧时人家，谈论着小巷的盛衰。小巷的两边，粉墙木门，曲折延伸，一直延伸到历史的尽头，延伸到岁月的尽头。粉墙的墙头上，不时会闪出一串花儿，明艳照眼；或是冒出一枝青翠，绿意阴浓。

冬日雪天，去河边酒楼喝酒，最是惬意。慢步而上，在二楼靠窗的地方找一座位，一个人，几盘菜，一壶酒，自酌自饮，醉眼蒙眬里，看外面一片白色苍茫，有桥一道，蜿蜒水面。有人打着伞从桥上走过，唱着山歌："哎——人在世间哦要修好啊，莫学南山一丛草，风一吹来二面倒——"歌声一径向河的那边去了，摇曳一线，愈去愈远，最终没有了。

只有雪，仍在下着，苍苍茫茫的。

只有向晚的钟声，在小镇上空一声声回荡。

结了酒钱，一个人踉踉跄跄走在小巷里，隔墙有笑声响起："好大的雪花儿啊！"声音脆脆的、嫩嫩的，带着惯有的儿化音。

明天雪会化吧？

明天雪化后，你又得走了，得挥别小镇，挥别小镇的一切，走向远方。

那么，明年，随便选一个日子再来吧。那时，小镇依旧，杏花春雨依旧，戏楼山歌依旧，木门粉墙里的笑声也依旧。

一切，都不会老去。

渐行渐远的乡村老人

一

乡村里，老人已渐渐减少。

时间老去，乡村仍在，黄昏的夕阳仍在，甚至门前的黄狗还在跳跃，可是，他们一个个走远了，不是出门聊天，不是扯猪草，也不是衔着烟袋去给玉米地放水去。

这次，他们是真的走了。

没有老人的乡村，不是真正的乡村。

每次回到故乡，看着一个个慈祥的老人，陪他们坐一会儿，聊聊天，谈谈外面的事情，心中就有一种落实感。待到傍晚，送他们走出院子，看着他们慢慢走过院外的沟边，走向树荫那边，心里不自觉地涌出一种想法，如果这些老人不在了，小村还是小村吗？还是我流浪生活的最后一处精神归宿吗？

没有老人的小村，总是缺乏着慈祥、包容与爱。

没有老人的故乡，绝不是自己在外面日夜思念着的故乡。

我一边想着，一边慢慢转身。院子里，一群鸡爹着翅膀咯咯地叫着跑过，在宁静祥和的气氛里叫出勃勃生机。母亲一头华发，拿着鸡蛋向灶房走去。每一次，我带着妻子回到老家，都是母亲最忙的时候，也是母亲最幸福的节日。

母亲也老了，脚步也蹒跚了。

我的那个背着我，教我童谣的，有着两条大辫子的母亲，仿佛一眨眼就已经驼了背。时间是一条河，我们无法阻止它前进，只能看着自己的亲人随波逐流，一直流向尽头。

乡村的老人也将在不经意间，随着时间流走。

二

喇叭公，是一个光棍儿老人。之所以叫他喇叭公，是因为从我睁开眼睛起，他就在吹喇叭了，早晨吹，黄昏也吹。下雨天，阴沉沉的，突然，一声喇叭声在沟壑间响起，立时就传遍了小村的每个角落。

他每天乐呵呵的，过着进门一把火、出门一把锁的日子。

他有三头牛，后来，又加了四只羊。每个早晨或黄昏，人们会见到几头牛，还有几只羊和一个人从山梁上走过。喇叭声飞扬，回环曲折，绕梁钻沟。这时，对面山上有人喊："吹一个《采茶歌》！"还有的喊："来个《十二月思春》！"

山和山虽是对面，却是一声喊得应的。那边，喇叭声就变了，他能吹出各种曲子，最让人称道的是，他会唱什么，就会吹什么。多年后，我进了城，再回家时，问起自己的疑惑："您识得谱子吗？"他一脸茫然，问我啥是谱子。我傻了，说："不晓得谱子，您凭啥吹啊？"他摇着头，拿起喇叭，吹了一曲《扯谎歌》，又吹了一曲《花大姐》，口水顺着喇叭口一滴滴落下来，一串串音符就从喇叭口喷溅出来。

儿时，我也放过牛，还放了羊。那时我很小，就跟着他一块儿，牛羊跑了，我去追。但牛羊害人，他出面。一次，我的牛吃了人家的麦苗，人家赶来扯着牛不让走。他来了，眼睛一瞪："吃了麦苗赔麦子，扯着人家牛干啥？"说着，他扬起了牛鞭子。他那时火气很大，那人怵他，就放了手。

以后多年我都没见到他，再见时，他的腰已弯成了一张弓，仍笑，却总是发出"咳咳"的声音，如拉破风箱似的，摇着头道："快死的人了，走不动啦。"

我以为他只是说说，但不久他就死了。得的什么病，至今没人知道。只知道他睡着前还是好好的，第二天不见他放牛放羊，邻居就去喊，无人答应，踢开门，人在床上已经僵了。

他能吹喇叭时，每个老人被抬上山时，一路都有喇叭声相伴。他上山时，只有几十人，抬着一口棺材，抬上高高的山梁。

几十年的喇叭声没了。再回老家，山梁上多了一堆土，小村中少了一个老人。他死后，他的喇叭哪儿去了？没人知道。

三

三婆的样子，到今天我还记得，她挂在嘴边的一句话是："七十三、八十四，阎王不叫没意思。"

三婆把生死看得很开，无灾无病活了九十岁。现在的人，再也没有她那样的身体了，也很少有她那样长寿的了，因为，大家很少有她那样的心性。

春天里，她会提着篮子，一个人到田里去，把米米蒿还有马齿苋和蒲公英采了，装上一筐，拿到河边洗净，提回家来细细切了，放入烧开的水中，再搅上苞谷面，做成糊汤。糊汤，是小村里常见的饭，可三婆做的却独此一份。三婆做的糊汤呈半稠状，绿中带黄，黄中透绿。她拿着一碗饭，沿着门前公路一边走一边吃，见了人说上两句话。见别人眼馋她的饭，她就一定要拉回家去，给舀上一碗。

她虽老了，手却巧。她爱做的饭都是过去缺食时常做的食物。半开的槐花，她摘了以后用来蒸米饭。饭熟后嚼在嘴里，一股清淡的槐花香。槐树花开透了，她会背着挎篮上坡，撸上一挎篮槐花，回家后用开水一烫，然后晒干，和干萝卜丝做馅儿，做成馒头，把我们险些馋死了。她做好后，一个也没吃，全让闻香赶来的我们吃了个精光。事后，我让妻子做，她却怎么也做不来。妻子去向她请教，可仍做不来。她儿媳也做不来。她听了，连连叹息："咋就做不出来啊？怪了！"连她自己也说不清。

三婆离开这个世界时，是夏天。农村人过世了，放在棺材中，晚上要有人陪坐，是怕死者孤独。三婆活着时，村子里无论哪位老人离世，她都会去陪坐到天亮。

我想，三婆大概很想别人在自己死后也这样陪坐吧。

三婆上山前那夜，我一直陪坐到天亮。半夜时，我实在困了，就走出来一会儿。静静的夜里有虫鸣，天空中闪着一颗颗星星。我又一次想到三婆，在这平和的夜里，思念着一个平和的老人。我的心里没有忧伤，平和之中有一丝思念。

一个人死后，能让别人平和地思念着，逝者的魂灵地下有知，也会幸福吧。

四

几年来，乡村中那些熟悉的老人，就这样一个个走远，留下一些细节，供小村人茶余饭后细细咀嚼。临了，人们喟叹一声，表示哀悼，表示思念。

村头的瞿大爷，是一个厨师。乡村里办红白喜事，不像城里得去酒店，而是买了蛋啊、肉啊的，然后请来一个厨师。这个厨师，也不是进过什么厨师学校培训的，而是祖辈传教的。瞿大爷就是这样一个厨师，事主一请，他把围裙一围，就赶去了。事情办几天，他就忙几天。过年，事主拜个年就算完事。

他做的"八大碗"，是小村酒席必不可少的。

上次，我回家给父亲做寿，想找个厨师，我说："请瞿大爷。"父亲吸着烟，过了一会儿说，人都死去半年多了。我一听，一阵怆然，一个老人就这样悄悄地离开了，只有那菜香还依旧遗留在大家的记忆里。

邻村的朱伯，爱唱船歌，还有转转鼓。这两种歌都是山歌，前一种是正月里玩旱船时唱的歌；转转鼓，则是有人过世时唱的。因此，前一种是喜庆的，后一种显得悲怆。他嗓门好，声音亮，每次唱起来，一群老人都跟着帮腔，形成一个团队。

他后来是因为癌症走的。

院子里，虫鸣依旧，那棵椿树还没长成合抱粗，我记忆中的老人却一个个走了。我见过他们中年时的样子，见过他们老年时的样子，却唯独没有想到，他们会一个个离去。

他们离开了，我的回忆还能沿着往事溯游而上，回到源头吗？

五

老家的丧歌中有支歌，唱起来沙哑、悲凉，也很短："为人在世啊，要讲良心，没有良心难为人，生前死后骂不停啊，你说寒心不寒心？"

过去，我回到故乡时，走在弯曲的路上，或者山梁上，保不准就会听到从哪条山沟中传出这么一嗓子，在小村上空缭绕不散。每次听到这首歌，我都一番警醒、一番汗颜。

我离开了小村，我们这代人和下代人也将一个个远离小村。小村留下来了，小村的老人留下来了。留下来的还有他们的遥望、他们的叮咛，以及小村的宽厚、朴实和善良。

我们如一股山泉，从源头流出，潺潺而下，流向城市，流向红尘。沿途羼杂的垃圾、纸屑和泥浆让我们变得浑浊，变得面目全非，不敢相认了。

有时回到老家，见见乡村老人，和他们谈谈，就是看看源头，对潭照影，洗涤一下自己的身，也洗涤一下自己的心。这样做可以使我们避免精神上的蓬头垢面，污浊不堪。

现在，乡村的老人一个个走了，走向远方，走进我们无法触摸的世界。

我们的源头，已日益干涸。那么，在人性的河床上，我们究竟还能流淌多远？会不会被感情的沙漠蒸发掉？

千年的丝绸

一

谁也没想到，一只小虫竟然创造了一个奇迹。

这只虫白白胖胖、憨态可掬，它的名字叫蚕。

我家曾养过蚕。那时，我还小，放学后，和姐姐拿了篮子采回桑叶。母亲将叶子洗净，弄干，然后小心翼翼地铺在大大的竹匾中。竹匾放在黑黑的屋子中，我们看不见它，只听见一片"沙沙"的响声，很轻，如人行于沙上；很柔，如情人在低语。

这，就是蚕吃桑叶的声音。

不久，蚕化作茧。将这茧抽丝，就能做成丝绸。

二

丝绸，是古时人们追求的一个遥远的梦。它很轻，轻得如风，不沾一丝灰尘；它很柔，柔得如情人的吻，不留一点儿痕迹。它如梦一般缥缈，云一样洁白，水一样自然。

谁也不相信，世间会有这种东西！

谁也不相信，有人能纺织出这种东西！

可是，它真的出现了。当它出现在世人面前，一时，眩晕了多少目光，震惊了多少灵魂，媚惑了多少颗心？

当古罗马皇帝得到从东方运来的绸子时，眉飞色舞，马上穿着它，飘飘悠悠，来到剧院里。那一刻，罗马大剧院中，所有的目光都被吸引住了，所有的喉咙都发出了同一声惊叹："天啊，这是魔术吗？"

古罗马的臣民，奔走若狂。

古罗马的学者们集中在一起，仔细研究着这梦幻般的东西。最终，他们抬起头，凝视着远方，给生产丝绸的那个遥远的汉朝送去一个诗意般的称呼——丝国。

于是，一个消息风一样地传遍世界，传遍世界的每一个角落：东方有一个伟大的国度，生产一种精美的衣料，叫丝绸。

三

丝绸出自遥远的年代，那个年代竟遥远得有些渺茫，以至于今天，我们只能将之归结为传说：

它，出自黄帝时代。

它的发现者，是黄帝的元妃嫘祖。

她发现了野蚕吐丝，织而成布，于是，丝绸诞生了。

其实，真实的丝绸出现的时间，比这还要早。今天，浙江博物馆保存的一批丝线、丝带、绢，才是现存最古老的丝绸，它们出自良渚文化，比黄帝时期还要早。

丝织品成为艺术品，走向世界，则是在汉武帝时代。那时，一代探险家、旅行家张骞，带着他的使团，还有云彩一般的绸缎，从长安出发，沿着茫茫沙漠，走向远方。一条以丝绸命名的友好商道出现了，在历史深处曲折蜿蜒，带着一个民族的友谊、一个民族对和平的热爱，通向沿途各国。它的名字叫丝绸之路。

丝绸，也随之登场。

它如一个绝世美女，一顾倾城，再顾倾国。

一时间，为了它，人们着了魔一般，不惜血本，希望拥有它。西域的楼兰王，就是一个典型的例子。

当时的楼兰，处于丝绸之路的交通要冲。为了绸缎，为了这梦幻一般的东西，楼兰王一咬牙，铤而走险，派出军队，截杀汉使，夺取绸缎，据为己有。

一批批汉使被截，被杀。丝绸之路，这条象征着友谊和贸易的路，即将被隔断。无奈之下，汉王朝派出特使，在宴会上将一把匕首扎进了楼兰王的胸膛。

因为丝绸，一个贪婪的国王付出了惨重的代价。

当然，其间，也有人以和平的方式获得了这种梦幻一般的东西。

于阗王仰慕汉文化，仰慕天朝上国的礼仪，不惜顶着漫漫黄沙，千里迢迢跨过玉门关，来到长安，求大汉皇帝赐婚。汉朝皇帝接见他后，很高兴，一口答应了他的要求。

公主出嫁，于阗王不要丰厚的嫁妆。

"那要什么啊？"公主眨着大眼，万般不解地问。

这位新姑爷提出，只要桑树种子和一点蚕茧。公主高兴地答应了。上路西去时，她没有带庞大的车队，没有带丰厚的嫁妆，只带了一些桑树种子，还有一些蚕茧，只身来到西域，来到于阗。当然，她还带来了织丝技术。

从此，西域的于阗，有了碧绿的桑叶，有了白胖的蚕，有了金光闪闪的丝。

从此，于阗有了蚕妇，有了"采桑城南隅"的画面。

从此，于阗有了云彩一样的丝绸。于阗姑娘们的美丽更见颜色，更见风致。

多少年后，英国探险家斯坦因来到中国，来到塔克拉玛干边缘，在一个叫作丹丹乌里克佛寺的遗址，发掘出一幅木版画，名曰《传丝公主》。这幅画刻画了汉代公主传丝入西域的过程。

这位公主，已失了名字，可是，历史记着她，西域记着她，丝绸更记着她。

四

丝绸是衣料，可它又不同于其他衣料，它精密、细柔，有水的质地、云的影子、虹的色彩、天光的清净。

它注定是为一个个女子而来，而织，而现于世的。

穿上它，一个个女子更加温柔，更加风情万种：她们的脚步，如轻风拂水一样不着尘埃；她们的声音，如滑过花瓣的鸟鸣一样响亮；她们的眼光，如湖面上的雾气一样氤氲；她们的身段，如随风飘舞的柳丝一样袅娜。

她们站着，波光闪动。

她们走着，春风无限。

她们粲然一笑，一时之间，天朗气清。

当然，男人们也爱丝绸，但他们更爱自己心爱的人穿上丝绸的模样。那种轻云带水、弱柳扶风，是她们给予他们的一种心灵的享受与恩泽。

丝绸，更是与中国女性的美相互衬托、相得益彰的。丝绸的柔与中国女性的温柔合二为一；丝绸的内敛和中国女性的秀外慧中相媲美；丝绸的自然和中国女性的轻风流水的性情相适应；丝绸的波光闪闪同中国女性的一颦一笑相映衬。

尤其是一袭绸缎旗袍，穿在每一个中国女人的身上，人衣相配，都婉约如一阕词，温润如一块玉，洁净如一轮月。

丝绸，美丽着中国女性，也美丽着世界女性。

而她们，也美丽着丝绸。

五

几千年的时光，弹指一挥间。

青春苍老了多少茬；又有多少红颜凋落。可是，丝绸不老，依然青葱着，如"玲珑望秋月"的闺中女子，如"回眸一笑百媚生"的少妇，依旧独领风骚，在历史里独占鳌头。

它，究竟是从哪一架织机上第一次出现的？

它，究竟诞生自哪一个女孩的手中？

一根经线，一根纬线，一截闪亮的细丝，在机杼声中，是谁，孤灯夜坐，织到天明？是谁，一丝一线，织成一个几千年不老的传说？

劳累中，将苦难织成美丽；平凡中，将无趣织成艺术。

这，就是我们的古人、我们的祖先。

小村的窨笼

在故乡的山里，有泉水处就一定会有窨笼。

窨笼，绝不同于城市的窨井。城市的窨井，是下水道口，是流废水的，流脏污的，流腐臭液体的。乡村的窨笼则相反，流的是山泉，是清水，是生命的甘露。

窨笼的做法很简单。

哪儿发现了泉水，一村的人马上出动，镢头、铁锨齐上，顺着泉眼向地边忙着，挖的挖，铲的铲，修出一条渠。在渠的下面铺上石板，引入水。水渠的上面也铺上石板，遮盖着水面，再在石板上盖上土。这样一来，等于把泉眼延长了一截，或延长到村中，或延长到田边地脚。

一条窨笼，就是一处风景。

在我生活的村子里共有四眼这样的窨笼。

村口窨笼

村口窨笼在村子的入口处。这眼窨笼修得早。我记事时，一方秧田，就靠这眼窨笼滋养着。

是的，窨笼用一眼或者几眼修饰。一个"眼"字，仿佛窨笼很小似的，其实不是那么回事。村口的窨笼，就有瓦钵粗，"咕咕嘟嘟"向外冒着清水。那水是白色的，可是，又仿佛沁着蓝色的底子，大概是蕴含着蓝天的影子吧。

这眼窨笼，养育着十几亩地。

过去，每到犁地时，我都去那儿，因为我是放牛娃。

我割牛草，出汗了，就到窨笼眼洗头。一捧水浇上去，浑身凉了个透，很舒服。水就抱着渠走，也抱着一块块秧苗，一片片蛙声和一面面反射着阳光的水田走，如同唐代诗人的一首田园绝句一般。

至今，回到村子，我都会去那眼窨笼，蹲在水边待上一会儿。

近年，别处水减，小村则不然。这儿茶叶遍山，一片青绿，映得整个村子也一片绿色。这儿的窨笼，水一点儿不减，如我少年时一样，"咕嘟咕嘟"，从不停止地冒着。水很白，一如游子的心，风轻云白，纤尘不染。

村中窨笼

有村口窨笼，就有村中窨笼。

村中窨笼的水不是浇地用的，而是村里人生活用的。这眼窨笼的水，是从村子上面的沟里引出的。那条沟很深，也很远，一沟的冬青树，密密匝匝的，护住了沟，让人看不见沟底。从沟顶的石窝里冒出一股活水。我没去看过，据去的人回来说，怪着呢，从地下冒出来的，"哗哗哗"的，冬天还冒烟。

这水被修成窨笼，引到了村子，又用一条渠承接着。渠是用石头砌成的，没有遮盖。水就那么顺着水渠，哗啦哗啦地沿着村子流。

水渠边就是人家，一溜顺渠排列。水渠外面是公路，再外面是田地。公路弯，田地就弯，里面的水渠也弯，房子就随着弯。

一切都弯得自然，弯得恰到好处。

水边有洗衣石，不是一家门前一个，而是十几个放在一块儿。这儿的人不用洗衣机，说那样洗不干净，一个个就爱用渠里的活水洗。春天的上午，夏日的早晨，这儿聚集着洗衣女人，叽叽嘎嘎的，一片热闹。

水边，是一排柳树，树干有脸盆口那么粗。春、夏来了，笼一片绿烟。村里开个会什么的，一个个男人提着椅子，坐在柳树荫里，一边乘凉，一边聊天，一边开会。会开完，汗也晾干了，回去睡个晌午觉。

只有一群娃娃不睡，跑着，叫着。

柳丝飘着一片绿烟。绿烟笼罩着一片水声，还有娃娃们叽里呱啦的嬉笑声。

至于洗菜洗碗，也在水边，在各自的家门前。洗完，女人们提着篮子扭着腰回家，方便，随意。

里塆窨笼

里塆，是阴坡的一塆田，因而，取了这样一个名字。一眼窨笼因为这块地也被引到这儿。水流不粗，却从未断绝过，不是哗哗响，而是汩汩的声音。好在这儿地不多，几片地随意摆放着，水也足够用。我有一片地也在那儿。栽秧之外，在坝上，爹弄点土，栽了一畦韭菜。一到天旱，剖一根竹子一接，水就进了韭菜地。土虽薄，韭菜却一直油绿着。这都是因为有这渠水。

这眼窨笼，还有一景值得一写。

窨笼有一处地方，一块石板断开了。旁边，有一丛荆棘，春天一到，花儿开得一片白，珠光宝气，香气缭绕。石板开处，恰好被茂盛的荆棘遮盖着，因此，断开的石板也就没再铺上。

夏天，人站在荆棘旁，一身沁凉，从不出汗。因此，很多人来这儿歇凉、下象棋。

冬季，荆棘上白汽蒸腾，如云如雾。

里堨的水渠旁，是一片柿子树。一到秋季，这儿叶红如火，柿红如丹，远远看去，一片醉红，有些"霜叶红于二月花"的意境。

这柿树上结的柿子很润很甜，大概是被水汽滋养的吧。

马家窨笼

四眼窨笼中，只有马家窨笼以人家的姓氏命名。据说，马家早年有钱，也有地，可都是旱地，栽不上秧。马家老爷子不甘心，找到一处沁水的山窝，让大家挖，可就是挖不出整股的水来。马家老爷子急了，就祷告，如果能挖出水，自己许一个正月的龙灯。

祷告完，挖水人一锄头挖下去，水"唰"地喷了出来。是喷，不是冒，猛着呢。

因此，这眼窨笼做成后，就取名马家窨笼。至于这事是不是事实，我问过村里的百岁老人，他们表示不知道。

窨笼渠眼很大，人能钻进去，可见水势很猛。

我们儿时，上学路上，走一路，马家窨笼的水陪一路，遇坝下坝，遇坎跳坎，比我们还欢实，还狂放。

窨笼眼里有鱼，时时跑出来，酒杯粗细，没人捉，一甩尾，逗起几朵水花，又游进去了。

有人说，窨笼眼里还有龟，锅盖大小，有时笨头笨脑地爬出来，躺在田边晒盖。可是，我一直没有见过。水流过的地方，有个大水塘，被一片苇草遮着，还有田田的荷叶、亭亭的荷花，也有蜻蜓飞来，停在荷花上，荷花一晃一晃的——水塘，就成了一个微型的江南，青花瓷一般的微型江南。

四眼窨笼，四股水，就是一部历史，一部小村延续的历史。

今天，我坐在小城的楼上，写下关于这四眼窨笼的文章。其实，我也是在为小村写史，为小村的人写史，为我的父老乡亲写史。

水，长流不息。炊烟，也会因为有水，永远在小村升起。

第三辑

走过岁月的木屐

玉，高洁的中国石

我经常猜测，玉如果有前世，该是什么？它应当是雪山上的仙女，衣袂飘飘，纤尘不染；它应该是茅屋前的诗人，对菊品酒咏诗；它应当是驰骋战场，最终被围，横剑一勒的勇士。

玉，高洁如处子，内敛如隐士，刚烈如忠臣，坚强如壮士。

这，就是玉，也是一个民族的精神的前世今生。

一

有一个故事是说玉的，至于出处，我隐隐约约记得是一则古人笔记。至于作者，我却忘却了。

那是一块璞玉，在大峰山下，日晒雨淋，一晃就是千年。千年，玉，就有了思想，有了感情，但她还难化为女儿身，还需要一段时间的修炼。这时，大峰山上来了一位读书人。他在月下漫步吟哦，还能弹琴，叮叮铮铮的音乐如冰珠子，更主要的是他识玉，是玉的知己。一天，他漫步到小路边，在青草的掩映中发现了这块石头，站住，长叹："玉藏深山，几人能识？"声音在山里回荡，让人感到很凄凉。那一刻，玉的灵魂被触动了。玉所处的地方，是大峰山下的一条小路。这儿经常有挖药的、放羊的人走过。可谁为这块石头驻足过、感叹过啊？只有他，那个读书人。

书生没有移动那块石头，这会伤及玉的元气的——也不知道书生是从哪本书上看到的。为了保护玉石，书生结庐在玉的身旁，晚上，一个人秉烛读书，或者写字；白天，就提水浇灌这块玉。这，叫养玉，也是书生从那本书上看到的。玉从心里感觉自己很幸运，因为遇见了书生。

但是，任何事情都不是一帆风顺的，对玉，也是如此。

一夜，书生熟睡，梦里见一青衣女孩款款走来。女孩气质如兰，容颜如月，眉眼如画，尤其那双眼睛，水意弥漫，汪汪两潭，让人沉浸其中难以自拔。书生暗叹，此女可算绝姝，实非世间之人，忙上前一揖问："敢问小姐，可是天上神仙？到了小生茅屋，顿令蓬荜增辉。"女孩眉尖含愁，淡淡一笑："我就是你日日提水供养的那块玉。"书生大惊，道："玉是冰冷之物，小姐天姿国色，怎能混为一谈？且莫说笑。"女孩望了一下书生，仿佛怪他大惊小怪一样："古树都可成精，何况玉呢？"一句话，让书生挢舌难下，继之眉眼生光。"此次妾来，想请公子明日救我一难，不知怎样？"女孩眉尖微蹙，如远山叠起。书生看得神魂飞扬，忙问："小姐有何灾难？但说无妨，小生一定舍命相救。""明天，有人进山拉石砌坝，如拾到我，务请拦下，"说罢，女孩眉眼盈盈，泫然泪下。书生道："小事一桩，都包在小生身上。"说完，他上前拉住那纤纤小手，"初次相见，能否请小姐赏光，稍坐一会儿？"女孩粉脸羞红，轻轻挣脱袖子道："知君心意，君有情，妾岂无意。若能渡过此灾，再来相见也不迟。"说完，她一闪身，没了影。第二日，果真有人上山拉石，并搬起了那块石头。书生忙上前拦阻，掏出一两银子，给了拉石人。拉石人拿着银子，高高兴兴地走了。晚上，睡梦中，书生又见青衣女子款款走来，对着自己轻轻弯腰，行一个万福，道："君的再造之恩，铭记五内。若君不嫌妾姿容丑陋，愿奉枕席。"书生眉飞色舞，忙携了女孩共赴罗帐。两人山盟海誓，情意绵绵。

中秋之夜，月色皎洁。书生喝了几杯酒后，双眼微合，蒙眬中见一女子，凌波御风一般，飘然而来。此人正是青衣女子。女子低着头，以手弄着衣带，声音如蚊子哼哼："我已珠胎暗结，如不及早变成人身，恐怕会伤害到孩子。"书生忙问自己该怎么办。青衣女子说，大峰山山后有两眼泉，一眼温泉，一眼寒泉：温泉热气腾腾，水热如沸；寒泉寒气渗骨，滴水成冰。修炼将成之时，如果能用温泉里的水在石上浇上一勺，就可成功。"千万注意，寒泉会让我的千年修炼毁于一旦，会让我变成一块绝世美玉。"书生忙点头答应。第二天天一亮，书生提着一只桶到了山后。山后果真有两眼泉，一眼热气腾腾，让人浑身冒汗；一眼寒气逼人，虽是八月，阳光遍身，仍让人透骨生寒。书生在温泉旁蹲下，望着泉水，望着腾腾的蒸汽。突然，他落下几滴泪，一咬牙，转身去寒泉旁提了满满一桶水，然后去了那块玉石旁。他把一桶水全部泼在石上。石头晃了晃，变得晶莹剔透。书生弯下腰，小心翼翼地抱起那块石头下了山。石头被剖开，里面是一块没有一点杂质的纯玉，堪称珍品。更绝的是，那玉的样子像一个仕女，眉眼如画，国色天香。让所有玉工啧啧称叹的是，那块玉晶莹剔透，在阳光下透明如水，透过玉身，可见玉里有一"胎儿"，合目俯卧，毛发毕现。玉工们给这块玉取了个好听的名字，叫"子母玉"。一时，这竟成为奇闻，传遍小城。书生抱着玉，兴奋地离开了。第二天，人们在芦苇荡里发现了他的尸体，可他的怀中已没有了那块玉。从此，世上再也不见"子母玉"，人们也不愿谈"子母玉"。这块玉的奇闻逐渐成了逸闻。

故事说得很有些《聊斋》味，结局也很悲惨，但是，从中我们可以看出，人们早早就赋予了玉清纯、温柔的精神。玉所象征的品格，如月光般皎洁，如冰雪般纯净，如水般透明。古诗言："投我以木瓜，报之以琼琚。匪报也，永以为好也。""何以赠之，琼瑰玉佩。"它们明明白白地告诉后人，人应如玉，钟情如一。古时如此，后来也不乏其例，在有关才子佳人的小说中，以玉佩、玉坠相赠，私订终身者，屡见不鲜。

所以，背叛了这种精神的人，也背叛了一个民族的良心，他就应该如故事中的书生一样，遭到人们的鄙视和唾弃。

二

谈到古人佩玉，我总会产生一种想象。想象中，一个英俊的青年男子，或者一个眉目如画的女子，从天际走来，一直走向远处，走向历史的深处，也走向我们的灵魂深处。我们的灵魂，由于玉的润泽，变得慈善轻灵，也充满了怜悯和大爱。

是的，古人除了赋予玉温柔之外，更多的则是赋予了其善良的内涵和无尽的才华。

"君子无故，玉不去身"，君子佩玉，不离其身，并非追求玉的物质价值，而是追求其精神价值。在这种价值里，固然有玉的冰清玉洁、皎洁剔透的品质，但更多的应是玉文化里所蕴含的善良品性吧。

也正是因此，古人才用一个个故事来表现玉，赞美玉。同时，人们借玉也间接地赞颂了君子的品性和德行。蓝田一带流传的一个古老的传说就是典型的事例。

故事说，在很久很久以前，蓝田这地方是仅仅有几十户人家的一个无名小村，背倚终南山，座落在古驿道旁。小村里，有个名叫杨伯雍的年轻书生，他种了点薄地，忙时锄草，闲时读书，把小日子过得如隐士一般。一日，他看到驿道旁商贾、驿卒、工匠和农夫来来往往，汗流满面，渴了，却没有水喝。于是，他就在驿道旁搭了间草亭，供路人歇息，并在旁边盘灶安锅，每天烧了开水，放上各种草药，沏成药茶，让他们喝，借以解暑气或寒气。

　　冬去春来，寒暑变换，杨伯雍一干就是三年。三年里，他不但没有收过一文酬劳，没得到一点好处，遇到饥寒潦倒者，甚至还慷慨解囊相助。有人笑他是"书痴"，他微微一笑说："财帛者，过眼之烟云也；以之济人，得其所哉。"由于家贫，加上是"书痴"，所以，三十岁了，他仍然是光棍儿一个。

　　一天，一个头发花白的老人饿倒在草亭前，口吐白沫，奄奄一息。杨伯雍见了，忙将他扶入草亭，拿来吃的、喝的，喂饱老人。老人吃饱喝足，来了精神，拿出一斗碎石，递给杨伯雍说："把这些石子种到地里，就能生出宝玉！"说完，老人不见了。杨伯雍想自己一定是遇着仙人了，就依言把石子种在田里。不久，地里果然生出晶莹的玉石，在日光下熠熠生辉。他把这些玉石全部拿出，扶危济困，送给穷人。

　　那时，有个叫徐公的老头，他有个待嫁的女儿，美丽端庄，聪颖贤惠。许多人上门求婚，女孩皆不应允，说必得嫁一善良君子，方称心意。大家听说后，极力撺掇杨伯雍去试试。因为，要说善良，大概没有能超过杨伯雍的了。杨伯雍听说有这么好的女孩，也怦然心动，便试着上门求婚。徐公说，如果他能拿出一双白璧来作聘礼，就马上把女儿嫁给他。杨伯雍回去，从田里取了双白璧，送与徐公，他也得到了称心如意的妻子。小两口婚后异常恩爱，豁达大度，乐善好施，不出几年，把田里所产的美玉都送完了。

　　一晃又是三年。一天，赠玉老人又来了，看他们很穷，摇着头说："我再赠你们三石六斗玉种，产出玉后，不可再轻易赠人。"老人离开后，夫妻俩商量，还是把神仙所赠之物送与穷苦百姓吧。于是，他们每天在终南山上种玉石，直到把三石六斗全部种完，然后告诉大家，凡穷人都可自行去山中采玉。于是，世上无地少业的人纷纷进山采玉。因为，这种玉没长成前略呈蓝色，又因杨伯雍最早在田里种石得玉，因此，此地便被称为"蓝田"。

蓝田玉的出名，我想，固然是因为它品相好，但更吸引人的，应该是它身上带着的那个美丽的传说吧。这为它增加了动人的魅力。

善良是人的品德，不是玉的。但是，我们的先人总是把玉和这种品性联系在一起。孔子把自己比喻为玉，曰："沽之哉！沽之哉！我待贾者也。"连圣人也自比美玉"待贾"，何况一般人。当然，待贾的不仅仅指善良，还有才华。《楚辞·怀沙》中有"同糅玉石兮，一概而相量。""怀瑾握瑜兮，穷不知所示。"这里的瑾、瑜，即是玉石，是屈原对自己品行的代称。三国名将周瑜，字公瑾。瑜和瑾，都是玉石。

三

玉的可贵之处固然在于它所蕴含的温柔、善良，但更可贵的地方还在于它的气节、它的"宁为玉碎，不为瓦全"的精神。

关于玉中所蕴含的这种气节，最有名的是太史公留下的《完璧归赵》的故事。在这个故事里，有血的暗影，有刀的光芒，有狡诈的计谋，有权势的淫威，有低贱的欺诈。正是在这些肮脏之中，才显现出蔺相如的伟大，也显现出蔺相如的不畏强权。其中一段写得极为精彩：当秦王不想给城，只想得璧时，蔺相如把璧弄到手，然后举着璧，大声斥责秦王，并且准备把璧和自己的头颅一起撞碎在柱上。这是典型的"宁为玉碎，不为瓦全"的事例。

人玉辉映，光照千秋。

但是"宁为玉碎，不为瓦全"这个典故的出现却晚了几百年。北朝时，东魏的孝静帝成为傀儡，不久，被迫将帝位禅让给权臣高洋。但是，高洋并没有放过孝静帝，他毒死了孝静帝及他的三个儿子。

屠杀到这儿本应结束了。可是，在高洋当上皇帝后的第十年，出现了日食。他很担心，认为这是不祥之兆，于是把一个亲信召来问："西汉末年，王莽夺刘家天下。为什么后来天下又被光武帝夺了回去？"亲信道："陛下，因为他没有把刘氏宗室斩尽杀绝。"高洋一听，一拍大腿，重新拿起屠刀，大开杀戒，把东魏宗室上至耄耋，下至婴儿，全部处死。消息传开后，东魏皇室的远房宗族也十分恐慌，害怕祸及自己，忙聚集起来，商量对策。一个名为元景安的人说，眼下要保命，办法只有一个，就是更名改姓，变"元"姓为"高"姓，这样或许能逃过一劫。他的话遭到他堂哥元景皓的坚决反对。元景皓气愤地说："岂得弃本宗，逐他姓，大丈夫宁可玉碎，不能瓦全。"他的话意思很清楚，一个人怎么能用抛弃本宗、改为他姓的办法来保命呢？大丈夫宁可做玉器被打碎，也不愿做陶器得保全。元景安一听，恼羞成怒，悄悄地把元景皓的话报告给高洋。高洋听了，立即逮捕了元景皓，当天将他处死。至于元景安，因告密有功，高洋赐他姓高，并且升了官。但是，做了大官的元景安，不只是当时的百姓，连他的家族都以他为耻。

"宁为玉碎，不为瓦全"这样的事迹，在中国古代，不乏其例，项羽的乌江自刎，文天祥的"人生自古谁无死，留取丹心照汗青"，史可法的誓死守卫扬州，都是有代表性的事例。

远的不说，就说抗日战争时期，在中华儿女身上，这样的事例更是不胜枚举。在中条山会战中，八百壮士同仇敌忾，是玉的精神的高度体现。张自忠将军在关键时刻挺身而出，怒目圆睁，吓得日军目瞪口呆，更是玉的精神的体现。而东北抗日联军的"八女投江"场面最为壮烈，在八位烈士中，最大的冷云二十三岁，最小的王惠民才十三岁——十三岁，还是在父母怀里撒娇的年龄，而他们，为了国家的尊严和民族的独立，却英勇地跳下了乌斯浑河，让自己花一般的生命凋谢在了最灿烂的时候，把玉的精神发挥得淋漓尽致。他们跳下了河，可是他们的精神却成了一座丰碑，高高耸立在历史的深处，耸立在岁月的云烟里。

"宁为玉碎，不为瓦全"，是一种高尚的气节、一种伟大的品质，这种精神，和人类的正义、善良相依相伴。

四

玉是世界的，世界上，很多国家都产玉。但是，玉更是中国的，就这一方面来说，它是中国的国石：早在七八千年前，中国人就制造了玉器，而且品类繁多，包括玉珪、玉佩、玉环、玉杯等。更重要的是，五千年的文明，把一切美好、醇厚的好品行都赋予了玉。所以，中国人爱玉，不是爱石质的玉，而是爱中华文化血脉中的玉。

台湾的一位著名诗人，在北京故宫博物院看到一个用白玉雕琢的苦瓜后，一时热泪盈眶，写下有名的诗："似醒似睡，缓缓的柔光里 / 似悠悠自千年的大寐 / 一只瓜从从容容在成熟 / 一只苦瓜，不再是涩苦 / 日磨月磋琢出深孕的清莹 / 看茎须缭绕，叶掌抚抱 / 哪一年的丰收像一口要吸尽 / 古中国喂了又喂的乳浆——"它赞颂的，岂止是一个白玉做的苦瓜？它赞颂的是中华魂，是中华民族的精神，是五千年来流淌在中华儿女血液中的一切美好和高尚的品质。

筋相连，血相通，感触也毫无差别。这些，不是一条水能隔绝的。

诗人，名余光中。诗歌，名《白玉苦瓜》。

历史深处的砚台

　　前日，我在一幅挂历上，偶见一砚台，庄重、古朴。砚台呈梯形，如古代饮酒之玉斗，上大下小，以墨玉雕琢而成。它让人鼻端无来由地墨香缭绕。我的眼前，恍若出现了一面长窗，白纸糊就，一个文弱的书生，润笔沉思，任窗外梅花如雪，雪如梅花。

　　细看旁边的注释，我才知道，此砚台为清代才子纪晓岚所用。一时，心向往之，难以名状。

一

　　砚台，什么时候出现在文人们的案头，实在是难以说清了。但是，有一点是可以肯定的，即它产生的年代大概在墨和毛笔之后。

　　毛笔，在秦朝就已出现，成了书写工具，在竹简和木片上徜徉。这一点，古书就有记载，蒙恬取枯木、鹿毛、羊毛以造笔。后来秦始皇陵出土陶俑，也证明了这点，文吏俑身配笔袋就是一例。

　　说到墨，我个人认为，它产生的时间应早于毛笔，因为，墨的来源实在太广泛了。照明的松烟能产生墨，做饭的锅底有墨，就连宫中烧蜡也能产生墨。树木燃烧后，拿一截炭化的木头在地上一划，就可以算墨的产生。有人说墨产生于黄帝时期。我认为，或许更早。

至于砚台何时出现，则没有人知道。

近年来，有人称，二十世纪七十年代末，陕西姜寨新石器时代遗址出土了一套绘画工具，其中就有"砚台"。这个观点，我不敢苟同。那个时代是石器时代，一切以石为主。即使算，也只能算砚台雏形。

砚台与笔、墨、纸一起被称为中国传统文化中的文房四宝，是文人案头的必备之物。砚用于研墨，盛放墨汁和掭笔。要磨墨，就必须有一块平坦的地方；要盛墨汁，就得有一个凹形物体。汉代刘熙在他的《释名》中解释："砚者研也，可研墨使之濡也。"这句话交代了砚台的作用，同时也告诉我们，砚台，在汉代以前就已经出现在案头，和竹简、木片相伴，与笔墨为伍了。

砚台初现身时，目的很单纯，用刘熙的话说，就是研墨、盛墨汁。使用价值第一，其余的就放在了第二位了。

但是，随着时间的推移，砚又从具有使用价值，逐渐演变为具有使用和欣赏的双重价值。其欣赏价值甚至远远高于使用价值，因此一些古代文人说："非人磨砚砚磨人。"

至于现在，砚台早已经彻底失去了使用价值，被陈列于案头，或者古玩架上，动辄几千几万元。可惜这已经和审美相去甚远了。这，可算作砚台的一大劫。

二

砚台，是读书人的爱物，所以读书人也以其所好来雕琢砚台，或者引导砚台发展的方向和走势。

对于砚台的要求，用苏轼的话说就是"涩不留笔，滑不拒墨"即为好砚。苏轼一生，走遍大江南北，经手之砚很是不少。这句话，也算是对砚台使用价值的妙论。但是，按当时文人的说法，苏轼手头是没有名砚的。

　　名砚，当然是就砚台的观赏价值和艺术价值而言的。怎样来判断是不是名砚呢？一是看，看砚台的材质、工艺、品相、铭文等。我过去得过一方砚台，用黑色楠木制成，方形，中间为圆形凹池，旁边有一个搋笔的小槽，旁有铭文"松操凝烟，楮英铺雪。毫颖如飞，人间五绝"。我一直弄不清此文的出处和意思。后来，我才知道，此文仿自南唐汪少微的砚台铭文，意思是松烟为墨，白纸如雪，毛笔柔软，再加上砚台，还有自己，就是天下五绝。二是摸，就是用手抚摩砚台，感觉是否滑润细腻。滑润者，石质好；粗糙者，石质就差。"书圣"王羲之有一方砚台，滑如凝脂。"书圣"以此为宝，日日练习书法，练完，就在门前的水塘中洗砚，以至于池水变黑，是为墨池。三是敲，就是用手指托住砚台，手指轻击之，侧耳听其声音，如果是端砚，以木声为佳，瓦声次之，金声为下，这可和瓷器恰恰相反。如果是歙砚，声音清脆者为好。四是洗，把砚台上的墨痕洗掉，还其本来面目，这样更容易看清砚台是否有损伤或修理过的痕迹——补过的地方颜色与砚的原色有很大的差异。五是掂，就是掂一下砚台的分量，同样大小的歙砚，重者好，轻者次之。

　　以此，文人们定下天下四大名砚：端砚、歙砚、洮砚、澄泥砚。

　　端砚，产于广东肇庆。其"体重而轻，质刚而柔，摸之寂寞无纤响，按之如小儿肌肤，温软嫩而不滑"，且具有不损毫、宜发墨的特点，很受文人喜爱。宋人笔记上说，一天，米芾听到有个周姓僧人有一方很好的砚台，砚台上刻着山水画，古朴典雅，很是向往，就跑去拜见此僧，说要看看他的砚台。僧人拿出此物，米芾一见，羡慕不已，如醉如痴，赖在寺庙里不回家，并不断向僧人下拜，希望得到这方砚台。僧人也是性情中人，见他如此，一声长笑，将砚台赠予了他。这砚，就是端砚。

　　歙砚，石质坚润，滑如肌肤，磨之有锋，涩水留笔，滑不拒墨，墨小易干，涤之立净，实在是砚中妙品。一日，米芾给徽宗皇帝写字时，看到徽宗的那方歙砚，特别喜欢。出来后，他逢人就说，这砚台他这愚笨之人已经用过，圣上怎好再用？并再三请求徽宗，将此砚台赐给自己。徽宗治国虽然外行，但搞艺术是内行，其瘦金体书法大名鼎鼎，也算得上是米芾的同行了。同行相惜，徽宗遂赠此砚与米芾。

　　洮砚，产于甘肃卓尼。此地唐朝时属洮州，因此这里生产的砚台被称作洮砚。此地石质细腻，纹理如丝，气色秀润，发墨细快，保温利笔。洮砚在宋代时已经很少，明代时几乎绝迹。明初大臣宋濂对于自己的一方洮砚已爱到须臾不离的地步。据说此人吃饭时要对着砚台，品茶时也要对着砚台，当然，他写《送东阳马生序》时，更是离不开此砚。有时兴致来了，老先生竟用砚台盛酒，细品慢饮。这在文化史上，可算得上前无古人后无来者了。

　　澄泥砚，非石质砚台，乃陶瓷砚。其制法如下：以过滤后的细泥为料，掺以黄丹，团后用力揉搓，放入模具成型，用竹刀雕琢，干后放进窑内烧制，最后裹上黑蜡烧制而成。澄泥砚的制作始于晋唐，兴盛于宋朝。其质地坚硬耐磨，易发墨，且不耗墨，可与石砚媲美。澄泥砚的颜色以鳝鱼黄、蟹壳青和玫瑰紫为主。苏东坡对澄泥砚有不同的看法。他说，用陶制砚，就如用铁制镜，要说好用哪里比得上铜镜和石砚呢？世人喜爱陶砚，实在令人费解。

三

　　得到一方好的砚台，是古代文人梦寐以求的事情。

　　五代十国时的桑维翰有一方铁砚台。他每日用它用功练字，可惜命运多舛，屡试不中，以至于发誓，从今往后，不磨穿铁砚，就不上京赶考，一生一世做白衣书生。由此可见，他对功名利禄的重视。

而文人中，更多的是不同于桑维翰者，他们爱砚台到了如醉如痴的地步。在他们的眼中，砚台已不仅仅是砚台，已经成了一种精神、一种品质的象征。砚台方正，象征着文人的端直；砚台润滑，象征着文人的内敛；砚台纯净，象征着文人的廉洁。

爱之以德，取之有道，历史上不乏其例。

砚洲岛是广东省最大的江心岛。民间传说，此岛乃包拯掷砚所化。

宋康定元年，包拯任知端州郡事，在那儿打击土豪，整顿吏治，加强教化，使百姓安居乐业。百姓十分感激这位青天大老爷。包拯不收受私贿，就是端砚，也不肯收一方。包拯如此，下面的官员便不敢为所欲为。

三年之后，包拯进京任职。临行前，端州百姓扶老携幼，到码头相送。当中一个老者，拿出一个包袱，偷偷交给包拯的跟班包兴："这是包大人寄存之物，你带上，船离开端州后，才可送给包大人。"包兴答应了。船离开端州后，包兴送上包袱。包拯打开包袱，内有一砚一信。信中，老人说，为了感谢包大人的清正廉明，特送上祖上名砚一方，又怕大人推辞，故想了此法。包拯很感动，向端州方向膜拜："父老乡亲的心意我领了，但砚我绝不敢收，否则一者有违本人意愿，再者也玷污了名砚。"然后，他将砚台扔进了江里，砚台化为了今天的砚洲。当然，传说当不得真。但由此可见，砚台在古人心中的地位，实在是不低的。"星岩朗耀光山海，砚渚清风播古今"，这副刻在端州城楼上的对联，是在赞颂包拯清廉，更是在赞颂砚台所象征的文人精神。

大文人苏轼，也放弃过一方名砚。

《苏轼文集》中记载，苏轼有一好友兼同事，叫杜君懿。他有一名砚，做工和石料都是上乘。杜君懿经常赏玩此砚，而且常在苏大才子面前夸示。苏轼羡慕不已。杜君懿道："我家没有其他好东西，这砚可算一宝。我死后，你给我写了墓志铭，这砚台就做润笔。"杜君懿死后，苏轼理所当然地为老友写了墓志铭。杜君懿的儿子想把此砚送给他以示感谢，但苏才子一笑了之，没有接受砚台。原来，苏轼才知道，这是唐朝奸佞许敬宗的砚台。后来，苏轼在文中叹息："余哀此砚之不幸，一为敬宗所辱，四百余年矣，而垢秽不磨。"

郑板桥爱砚台。有一县令得一名砚，想赠送给他，被他拒绝。人们询问原因，他回答道，此人之砚，何处得来？若取自百姓，则为贪污；若取自下属，则为受贿。此等污浊物，怕脏吾手，怕脏吾笔。

由此可见，砚台，在文人们的眼中，已经不是砚台了，它仿佛有了生命，有了知觉和文化，和文人们息息相通了。

时间，如长江的水，滚滚东流，砚台，也终于远离了文人的书桌，走入文物的行列。我们已经不需要砚台了，我们有电脑，有键盘，有手机。所有的一切都使得我们一步步走向智能化，而砚台所含的品质，砚台的象征意义，我们也已经忘记殆尽了吧？

古人说，方若砚台，圆若砚池。其心如玉，时时清洗。这，大概是砚台留给我们的最深层的文化精髓吧。

瓷器，中国的名字

　　17、18世纪，在西方宫廷流行一种贵重物品：白金。但是，这种白金绝非今天的铂，它有一个很好听的名字——瓷器。

　　瓷器，此名出自意大利，意为光滑的玛瑙和贝壳。在欧洲，人们喜爱瓷器达到了如痴如狂的地步。据说有名的暴君奥古斯都曾用一队龙骑兵与波斯国王交换了18件瓷器。这，简直是瓷器史上的传奇。

　　有人称，瓷器算得上中国的第五大发明，可与指南针、火药、造纸术和印刷术并列。英语中，china本身就是"瓷器"的意思。可见，瓷器是中国文明的一个典型代表。

一

瓷，是水、火、土三者的完美结合，是天地灵气所化。

据说，黄帝时，一个农人将泥土兑水，揉成瓢状，放在草堆上晒。一天，他不小心，引燃了草堆。草堆烧毁后，泥瓢却没烧毁，反而更加结实。黄帝听后很是惊讶，思索再三，让大臣重做一个泥瓢并再次用火烧。结果还是一样。从此，陶器就诞生了。这当然是个传说。著名的人面网文盆陶器，是原始社会的产物，出现的时间要早于黄帝年代。而此陶无论是绘画还是器型，都已趋于完美，不只实用，更可观赏。

距今一万至八千年前就有了陶。陶的出现，拉开了瓷器生产的序幕。瓷器在陶的基础上提高了烧制温度。它的制作过程分练泥、制坯、上釉、上彩几个环节，工序繁多，制作精细。

所谓练泥，就是将瓷胎原料：高岭土、瓷石等，进行磨洗、除杂，揉匀后，调和成制瓷用的瓷泥。通过"练"字，我们就可以知道，练泥不仅仅是和泥，还要努力揉匀、揉熟，让土和水均匀而恰到好处地融合在一起。

将练好的瓷泥用模具制成所需的瓷形，这就是坯胎。坯胎晾至半干，放在车盘上，用刀旋削其表面，以求外表光洁。最后，再用铁、骨、木等材料制成的雕花刀在坯胎外表刻出花纹。制坯，也随之完成。

不同的瓷器有不同的上釉方法。通常，可将瓷胎浸泡在釉浆中；形状不规则者，采用吹釉法。但无论用何种方法，都应保证釉浆在瓷胎上均匀分散。否则，有些地方厚了成堆，难看；有些地方没上到，更难看。

上彩有釉下彩、釉上彩两种。釉下彩，即将颜料直接涂在未上釉的瓷胎上，然后上釉。这样，颜料被包裹在釉下，可长期保存，且不易磨损。此法的缺点是瓷器的颜料经过高温灼烧，部分颜色会改变，会失掉瓷器花纹本来的色彩。

釉上彩是将未上色的瓷胎上釉后放入窑内烧结为素瓷，冷却后上色，再放入温度相对较低的窑炉内进行二次烧结。此法能保证釉彩花纹颜色丰富多彩，但长期暴晒会导致陶器表面磨损、颜色脱落。

瓷器制作，最早应在商代。

20世纪80年代，在江西角山的青山秀水间，人们发现了大量废瓷。

文物考古人员进行发掘后却一无所获。2000年，考古人员又一次来到此地，在"揭"开了约400平方米的稻田后，他们揭开了商代最大瓷窑的面纱。在这儿，各种窑型呈现在人们眼前；同时考古人员还清理出瓷器数百件。

也就是说，中国瓷器，早在商代就已发出柔和的光泽，照亮了人们的眼睛，也照亮了历史的隧道。透过瓷器，我们能感受到先民们的伟大和智慧，能看见炉火前他们的微笑。

二

瓷一出现，就在中国文明深处熠熠生辉，洁白耀眼。中国名瓷如璀璨的群星，其中最值得一提的要数唐三彩、钧瓷和"美人祭"了。

唐三彩是盛行于唐代的一种低温铅釉陶，它的出现打破了唐初只有黄彩或绿彩的单彩釉的局面。

唐三彩种类繁多，其中有代表性的是人物俑和动物俑。

人物俑题材很广，内容充实，上至达官贵人，下至平民白姓，一一呈现，栩栩如生。其中的武士大多英俊潇洒、体魄健壮。武士们或站立，或骑马，或拉弓射箭。当时武士俑是用于陪葬的，目的是保护死者亡灵不受妖邪的侵害。武士们大都脚踏"魔鬼"。"魔鬼"们个个鼓目咧嘴，做挣扎反抗状。胡俑则深目高鼻，有的头戴尖顶帽，身穿开领衣；有的手执胡瓶，背着包袱，行走在经商的道路上，一个个栩栩如生，让人叫绝。人物俑中最多的是女俑，也最美：有的悠闲雅坐，若有所思；有的亭亭玉立，裙带生风；有的头束丫髻，窈窕娇柔。1970年洛阳出土的女立俑，头梳丫髻，上罩短袄，腰束长裙，体态婀娜，俏皮、伶俐、活泼。

动物俑塑造得简练抽象，极富浪漫色彩。唐代尚武，众人爱马。马，成了唐三彩的主要内容。唐三彩马大多线型流畅，骨肉匀停，饱满圆浑，华美富丽，结构分明，比例准确，极富艺术概括力。有的腾空奔驰，有的缓步徐行，有的昂首嘶鸣，有的低头啃蹄，有的追逐戏耍，但各种形象都是力量的象征，给人一种浪漫、活泼的感觉。

钧瓷，是能与唐三彩相媲美的瓷器。其最大特色是"窑变"。别的瓷，描云为云，画竹为竹，钧瓷则不然，其色泽图案，天然而成，自然造化，鬼斧神工。

"入窑一色，出窑万彩。"由于釉料配方不同，燃料不同，窑温不同，窑炉结构和烧制程序不同，钧瓷的样子变化多端。即便同一种釉，同一个窑，同烧一种燃料，同样时间出窑，也是色彩斑斓驳杂，面目各异。据说，一个烧瓷大家曾烧出了一件色调古朴、典雅，瓷质细腻的瓷器，但他觉得这件瓷器有些微残缺，于是又严格按同样的釉料配方烧制，可再也没烧出同样的瓷器。

钧瓷的另一个神奇之处是"开片"。

出窑时，钧瓷会发出"噼噼啪啪"的声音。之后，此声趋缓，如沙漠中的驼铃声、月夜里的琴声，清亮而细微。伴着乐音，钧瓷上会出现纵横交错的冰裂纹路。

1997 年，钧瓷故乡河南省人民政府为迎接香港回归，特地制作了一个高 1997 毫米的钧瓷大花瓶"豫象送宝"。

"美人祭"，是瓷器中一阕凄婉哀泣的小词，有一种婉约美。此瓷不但美，更深藏着一个忧伤的故事，至今仍让人听了哀伤不已。

"美人祭"，也叫祭红或霁红，瓷胎稀薄，胎质透亮，色泽泛红晕，是红釉中的上品。据向焯的《陶业记事》载，明朝时候，御器厂烧瓷，屡烧不成，窑工们因此受尽了鞭笞责罚，苦不堪言。而且按规定，到期不完成，窑工们都要就被处死。有个老窑工为此事晚上回家唉声叹气。他的女儿知道后，问是何原因导致烧瓷不成功，老窑工说窑温不够高。第二天，老窑工的女儿打扮得整整齐齐，来为父亲送饭。此时，窑温仍烧不上去，大家很愁，饭难下咽。突然，老窑工的女儿大喊一声，推开众人，纵身跳入火中。正当大家叫嚷哭喊时，窑温升上去了，瓷器烧制成功了。烧出的瓷器白里透红，醉里透嫩，嫩里又沁出淡淡的胭脂水粉色。人称此瓷为"美人祭"，意为由美人的血染成；又因此瓷釉红如酒后少女脸上的红晕，故叫"美人醉"。

"美人祭"，代表着中国瓷的清新婉约，有一种阴柔美。

三

瓷一出现，就受到了文人们的青睐。

唐代文人陆羽，喝茶必用瓷器，而且，他在传世之作《茶经》中写道："邢瓷类银，越瓷类玉。"唐代李肇《图史补》云："内丘白瓷瓯，端溪紫石砚，天下无贵贱通用之。"将瓷器和砚台相提并论，可见他对瓷器的重视。

一则宋人笔记记载，辛弃疾得一花瓶，细长秀气，质地细腻，洁净如雪，其薄如纸，摆在几上，淡雅、美观。每天，词人都蓄一瓶清水，插一枝花儿。填词之余，赏玩不已。不久，词人陈同甫来访，看了瓷瓶道，此瓶为唐大邑窑所产，算绝品。辛弃疾忙请教原因，陈答曰，杜工部有诗《又于韦处乞大邑瓷碗》道"大邑烧瓷轻且坚，扣如哀玉锦城传，君家白碗胜霜雪，急送茅斋也可怜"者，就是此瓷。一句话，让辛弃疾再也舍不得用此瓶插花了，且每有客人拜访，他都会出示此瓶，夸耀一番。一日刘改之来访，辛弃疾拿出花瓶，刘改之大笑："此是五代曲阳窑，目前品种流传很多，也没什么稀罕处。"辛弃疾忙问缘由，刘改之道："曲阳窑白瓷，底部有一'官'字，验之即明。"辛弃疾验看，果然如此。由此可见，古代文人熟悉瓷器，实在不虚。只不过辛弃疾忙于政务，略微生疏而已。

文人爱把自己的作品和瓷器联系起来，典型的要数风流皇帝宋徽宗。宋徽宗在自己的作品《文会图》中，绘录了145件瓷器，可算空前绝后。

国势隆，瓷业兴。尤其时下，瓷业空前发达，很多艺术家更是纷纷把眼光投向瓷器。王安维就是一例。他继承祖业，长期从事陶瓷装饰创作，其作品融诗、书、画、篆刻于一体。其陶瓷画《李白醉酒》中"诗仙"醉态可掬，纱帽歪斜，步履踉跄，被一童子扶着，让人见了，哑然失笑。

瓷的美，首先在于其细腻含蓄。中国人追求着一种中和境界，喜怒不形于色。而瓷的虚静、沉稳，恰暗合文人这种品行。

瓷的美，其次在于它洁净透明，如一个高风亮节的君子。经过中国文化洗礼的人，喜欢坦坦荡荡，不欺诈，不隐藏。他们追求着一种洁白如瓷的精神境界。

记得我的祖父，一个典型的乡下文人，死前没别的要求，仅仅是让家人把他长期把玩的一个瓷瓶放在他的怀里。那个瓷瓶上画着几朵兰花，长叶如带，紫花如蝶，十分清雅。旁边题款曰："兰生空谷，无人自芳。"字、画和瓶相互辉映，相得益彰。

瓷，和每一个华夏儿女一样：水一样阴柔，火一样热烈，土一样憨厚。

绿色的雨

一

　　春雨是透明的，如琴弦上弹落的音符，划出一丝亮光又一丝亮光，密密麻麻的，串成了帘，串成薄的如梦的帘。

　　张爱玲说，蝴蝶是花儿的前世，换言之，花儿是蝴蝶的今生。

　　春雨的前世、今生应当是什么？每每漫步在春雨中，我都会想这个问题。

　　春雨，应是柔情女子的梦，细腻、难以言说的相思梦。

　　春雨，那样多情，而又那样羞涩，隔着帘，眼光如水，欲看还躲，欲说还休。难怪，戴望舒《雨巷》中的女子，一定要走在细雨中。

　　细雨，小巷，油纸伞。

　　油纸伞下，一个丁香一样的女孩，带着一丝惆怅，漫步着。蛛丝一样的雨，把江南的婉约，还有江南的多情，都衬托出来了。

　　春雨有一种低回惆怅的神韵，是千年的文化润泽出来的。

二

在城里观雨，不如在小镇上观雨。

城里的雨中，少不了车来车往，少不了人声喧哗。一个人，漫步在亮亮的雨丝中，想认真地看看雨中的山、雨中的亭子，在城里都无法做到。

城里太喧杂，让人难以收拢思绪。

在小镇上看雨，尤其是在小镇的古巷里看雨，很是不错。

石子铺的路，两边的粉墙，还有墙头冒出的一茎绿藤，都是春雨最好的背景。这时，放下一身心事，沿着石子路走，古建筑、老戏楼、高翘的屋脊，都在细雨中静默，和你默默地进行心灵的交流。

心，此时都是白的，因为，春雨的静浮荡在心中，沁入心底。

比小镇更好的观雨之地，则是山中。

杏花未红，草芽未露。细雨，在夜里的窗外"沙沙"地下着，铺展着。人的心里，仿佛也在下着春雨。

明天，山里花会红了，柳会绿了，嫩草也会满山了吧？

睡梦里，仿佛也一地草色在心，总担心自己醒来也会变成一茎草芽，上面挂着一滴露珠。

三

春雨的形态，实在是一言难尽。

朱自清是我最爱的散文大家，他摹情描态的手法出神入化。春雨，用他的话说，"如牛毛，如细丝，如花针"。可惜，他只重样子，而少了颜色。

余光中在《听听那冷雨》中，写了小巷中、黑瓦上的细雨，如黑白片子的风景，可惜，让人感到冷，沁入骨髓的冷，这大概和他长期漂泊在外有关吧。

我认为，春雨，是一阕液化了的宋词，是泛着书卷香的透明墨汁。

每一次，独自一个人走在春雨中，我的鼻端就会缭绕着一种书卷的香味。雨落下来，在衣衫上，在人家的屋顶上，仅有点湿意罢了；就是飞在脸上吧，也只让人感到微微的一凉，针尖般的一星凉意，迅即消失了。

抬头，向远山望去。

所有的山，都有一种润透山骨的湿意。

所有的花，都有一种洁净到灵魂的意蕴。

所有的草色，都罩着一层醉人的油亮。

春雨在下，确确实实在下，但又让你抓不住她的纱裙、她的呢喃、她的微笑。

无形而有形，犹抱琵琶半遮面，是春雨最媚人之处。

每一丝春雨，都如一个十七八岁的女孩。

四

古人总喜欢站在高楼上看雨，看春雨，很有韵味。一片烟雨，杏花影里，有人独倚栏杆，把江南四百八十寺看饱。楼台如画，山水如眉，身临其境何等风流。

就是在雨中行走，在清明断魂时，也有竹笛悠扬，一抬头，嫩草如茵，一个牧童披着蓑衣，横坐在牛背上，把一支俚曲吹得行云流水，把人的心中那一片惆怅也吹得杳然无影。

更何况，杏花细雨里，还有酒店，还有当垆的女子呢。

"杏花春雨里，吹笛到天明"，那是诗人的潇洒，更是春雨的潇洒。

"杏花春雨江南"，不是诗美，是春雨美。

"杏花消息雨声中"，多有韵致啊。独卧小楼上，一夜春雨，"随风潜入夜，润物细无声"。明天，乐游原上，一定杏花如霞，游人如识。明天的小巷深处，一定有叫卖杏花的声音。

　　离开了春雨，这些诗情画意会少了多少灵气、多少水意，也少了多少韵味啊。

五

　　春雨在古诗里下，一直缠绵如丝，没有停止。

　　春雨，在用方块字搭建的小桥上，丝丝缕缕地下。

　　春雨，在竖行的文字小巷中，下了几千年，打湿了司马迁的布衣，滋润了李太白的木屐，把张志和的斗笠淋湿。

　　春雨下在唐诗里，有女孩撑着一只小船，从细雨中划出，对人微微一笑，道："君家住何处？妾住在横塘。"

　　春雨下在《西洲曲》的曲子中，下在《落梅花》的笛声中，下在西湖断桥上——许仙和白娘子在细雨中撑开了一把伞，也撑开了一段优美的传说。

　　春雨下在黄梅戏的歌声中，下在巴山深处的驿站外，下在余光中遥望故乡的目光中，下在海峡的那边，下在海峡的这边，下在故乡的屋阶上，点点滴滴到明天。

　　春雨在下。春雨在下。

　　春雨在五千年的历史深处丝丝缕缕地下。

六

　　多年了，我们已远离了春雨。

多年了，我们已疏远了春雨。

但春雨仍在天空飘洒，春雨仍在陆游的诗中飘洒，在纳兰容若的词中飘洒，在朱自清的散文中淅淅沥沥地飘洒。

它落在芭蕉上，落在青苔上，落在嫩草上，落在江南的油纸伞上，落在北方的驴子背上。

干涸的心田，需要春雨。

贫瘠的良心，需要春雨。

历史的忘却，精神的苍白，文化的干枯，需要春雨。

春雨在下，春雨在细细地下。

嫩草如星，冒出土地；叶芽如眼，冒出枝头，让江南变绿，让塞北变绿，让我们的心在春雨中也一地青绿。

纸的呢喃

一

我是纸，你是毛笔，一生一世，我们发誓不分离。

在一方古砚旁，我们相遇，以砚为媒，以墨传情；我们相识，并最终相爱。那时，月光如洗，桂香如梦，我们相偎相依，低低切切，无所不谈。我们吐气如兰，文字如珠，或婉约，或清雅，或含蓄，都泛着一种灵秀、一种儒雅、一种浓浓的书卷气。

今天，我在这里回忆，回忆我们的过去，回忆我们所书写的文字，万般温暖，仍如春风在心头涤荡，舒适而熨帖。

这些文字，竖行排列，散发着淡淡的墨香：有的矫如游龙，轻如白云；有的敦实而厚重，如一座座丰碑；有的丰腴圆润；有的清瘦刚劲。那燕瘦环肥的字体啊，引无数文人竞折腰，也让我们得意、兴奋。

二

你颀长秀挺，玉树临风，温文尔雅，是最典雅的书生。

我洁白优雅，含蓄柔媚，婉约细腻，是最娇柔的仕女。

那时，在千年的文化史里，我彳亍独行，默默地寻找，寻找着千百回出现在梦中的你。

梦里的你有一身傲骨、一身文雅、一身清秀。你有一种百折千回的柔韧，有一种细腻体贴的温柔：傲骨中有温情，温雅里藏风骨。我想，只有这种素质，才和我相配，才让所有的语言文字眉飞色舞、生色增辉。看到你的那一瞬间，我眩晕了。默默地，我从心里感谢上苍：你比我想象得更完美，更潇洒，完美潇洒得让我心旌荡漾。

千年的等待，千年的相遇，必将创造千古绝唱。

你叫毛笔，我叫纸。我们，是天造地设的一对。

三

为了你，我愿意千娇百媚，我愿意温柔细腻，我愿意伴你在书房中，绘画吟诗，磨墨写字。

我的出现，标志着一个光辉灿烂的时代即将开始。

自从遇见你，我才认识到，我的美，我的洁净美丽，一切都是为了你，都是为了等待你，迎接你。

那时，你早已卓立案头，一身潇洒。亲爱的，你是在等我吗？

四

千百年的月光，一直照在窗外，清新、水汽氤氲。

千百来年的菊花，淡了又黄，黄了又瘦，在诗人的篱外渲染秋天。

我们，一直相依案头，借一轮月光，借一缕清香，书写着岁月的感受、时间的流逝，还有一个个读书人的心思。

那时，我们在月夜里听笛，听《落梅花》的曲子飘满洛城；那时，我们陪伴着诗人走向江南，走向"日出江花红胜火"的地方，走向寒鸦外的村庄。

我们很劳累，也很幸福，因为，一个民族几千年的文明让我们传承，让我们相陪，使我们激动，使我们幸福。

那时，我们相信，我们永不分离，因为我是纸，你是毛笔。

五

仿佛大梦一场，你消失了。我的身边，没有了你秀挺的身姿和温柔的呵护，也没有了那灵秀的文字和飘逸的书法。

一夜之间，我白发三千丈。

茫茫岁月中，我寻找着，寻找着江南的月色，寻找着二十四桥的箫音，寻找着苏州的水巷、塞北的雪。我苦苦寻找着，寻找着这些陪伴你的美好的诗意和你远逝的影子。

一切，都是枉然。

那梅花、那枫叶、那赤壁、那江水、那二胡咿呀的小巷、那轮被李白吟过苏轼问过的月，都和你一起消失在红尘深处。

只有红尘，只有喧闹，让我"人比黄花瘦"。

代你而来的，是钢笔。一支支或镀金，或镂着花纹的钢笔，带着一身富贵气，来到我面前。

失去了你的我，一日日在窗下，对着夕阳扪心自问："我，还是纸吗？"

六

我在红尘中流落，我已非我，我已失去了柔媚，再也没有了脱俗的内韵和洁白的风骨。

没有了一行行灵秀的文字，没有了氤氲的墨气。

没有了逆锋而上的水灵灵的兰花、墨葡萄和诗歌里那平平仄仄的吟哦，以及月光如水的一地诗意。

没有了你的呵护，我已非我，我如流落红尘的女子，描眉点唇，搔首弄姿。

我憔悴，我不堪，我心灵破碎。

尤其时下，一些七拼八凑出来的文字，把我打扮得花里胡哨，面目全非。再见时，你还认得我吗？

千年的月光下，我在等你，在古文字的小巷里，在乐游原的夕阳下，在落满枫叶的石径上。任落叶纷飞，落了我一身，落满我的灵魂。

你会来的，我相信，因为我在等你；因为你是毛笔，我是纸。

乌孙，有一位汉朝女子

一

想起伊犁，就想起历史上的乌孙，想起西域，想起"公主琵琶幽怨多"；想起玉门关外，黄沙一片。

想起伊犁，就想起冯夫人。

历史，没记住她的年龄，却记住了她的姓名；乌孙，不知道她的籍贯，却记住了她灿烂的笑靥；大汉，没记下她的生卒日期，却记住了她的身影。她确确实实来过，留下了自己的脚印。

她，就是冯嫽。

出关那年，她年龄尚小，可能十六岁，或者十七岁。

她骑着骆驼，走向西域。

多少男儿，把驻守西域看作畏途；多少健儿，人在西域，心在长安。后世中，英武如班超者，也长叹："不敢望到酒泉郡，但愿生入玉门关。"

可是，一介弱女子，竟长发飘飘，走向沙漠，走向远方。

夕阳下，她一定回望过长安，回望过故园。月明之夜，她守着穹庐，伴着孤灯一点，一定梦归过故乡。

梦醒后，她流泪了吗？

那一星星春草，一定是她用泪珠滋养的吧？

去乌孙的途中，只有黄沙，只有孤雁哀鸣。女孩，此时，你的心为谁而痛？你的泪为谁而流？

二八年华，心中都有一个婉约的梦。可是，二八岁月，你却远走天涯。

作为侍女，你陪着汉朝的解忧公主，去乌孙和亲。

漫漫长路，没有欢乐，没有笑声，只有琵琶声，带着无限幽怨，带着旷古哀愁，在沙漠响起。别责怪她们如此悲伤，因为，道路阻塞，千里迢迢，一出玉门，就是天涯。

身后，一轮夕阳慢慢沉下。

天地间，只有两个女子的身影，孤独，无助。

二

她是个侍儿，可是，她注定是历史上一道优美的风景。

她再次走上历史舞台时，乌孙，已是一片乱局：

一个叫乌就屠的王室成员，发动了一场兵变，杀了乌孙昆弥（乌孙王的称呼），自己称王。为了立威，他的刀没停下，扫向反对者，扫向敌人，也扫向万千百姓。

一时，乌孙国血雨腥风。在乌孙臣民的强烈要求下，大汉士兵开向乌孙，兵指乌就屠。

汉宣帝觉得，战争不是目的，是获得和平的手段。

感谢这位汉朝中兴之主，他的善意给乌孙带来了几十年的和平。而实现他愿望的，就是冯夫人。

这次，冯夫人不是侍儿，是使者。

她拿着节杖，走进乌就屠大营。桀骜不驯的乌就屠，张大嘴，一时不知所以，他狠狠道："你来干什么？"

冯夫人一笑："将军趁势崛起，可喜可贺，更可吊！"

乌就屠一惊："为什么可吊？"

冯夫人告诉他，汉兵已临敦煌，不日可到，问他抵得住朝廷的正义之师吗？乌就屠不同于一般野心家，他是枭雄，最大的优点是识时务。他知道，自己的行为丧失民心；他也知道，自己不是朝廷的对手。

他沉重地摇摇头。

冯夫人道："你既然知道，为什么还对抗朝廷？"

乌就屠蓦然起立，深深一躬："我愿归命朝廷，可无人传达心意。"

冯夫人自告奋勇，愿为往。

又一次，冯夫人回到长安。长路漫漫，一去多年，去时，还是个小女孩，回京时，已是一头华发。

长安城中，万人空巷，列队欢迎：欢迎这个和平的使者。

她一脸微笑，走向大汉朝廷，转达了乌就屠的愿望。然后，她面带微笑，又一次走向遥远的乌孙，走向那块渴望和平的动荡之地。

她带回来了皇帝的旨意：解忧公主之子元贵靡为大昆弥，乌就屠为小昆弥。

两人大喜，高呼万岁。

乌孙百姓，也一片欢呼。

烽烟，此刻散尽；号角，在夕阳下消失；牧歌，声声响起。乌孙如画，歌舞升平。

三

历史记载，冯夫人没有魂归长安，尽管，汉朝百姓非常渴望她回归。

她一笑，深入乌孙。

她知道，乌孙需要她，乌孙的百姓需要她，这儿的和平需要她，她已融入这儿，如一滴水融入大海，难以分开。

她回到乌孙时，乌孙百姓几百里夹道相迎。有生之年，她帮着昆弥处理国政，教百姓历史天文。乌孙，一片祥和，一片升平。多少年后，唐朝人仍歌咏道："天涯尽处无征战，兵气销为日月光。"

第四辑

青衫飘过江南

长城，华夏的筋骨

一

古代的中国，有两大工程：一是运河，一是长城。

如果说，运河是民族的血脉，那么，长城就是民族的筋骨；如果说，运河是束腰的缎带，那么，长城就是民族斜挎的腰刀；如果说，运河是一曲优美的《雨霖铃》，那么，长城就是一曲慷慨悲愤的《满江红》。

长城，是悲歌中的最强音。

长城，是号角声里的大背景。

长城，会让人不由得想起"天似穹庐，笼盖四野"的塞上，想到"不知何处吹芦管，一夜征人尽望乡"的边关，想到"羌管悠悠霜满地"的叠叠重关。

长城是一曲凝固的悲歌，是一声穿越古今的立体声的呐喊，是一部横贯几千年绝不屈服的汗青竹简。

面对长城，你会感受到一个民族的不屈精神。

面对长城，你会体会到一个民族的抗争勇气。

面对长城，你会感觉到，我们的民族，行走在几千年的历史中，走得是何等沉重，何等曲折，又是何等悲壮。

二

万里长城，曲折跌宕，东起山海关，西至嘉峪关，跨山填沟，蜿蜒于崇山峻岭间，也蜿蜒在每一个中国人的记忆中，想象中，甚至灵魂中。

有人说，它是一段防御工事。

我说，它是一段凝固的历史。

在这儿，李牧曾扬马高歌，仗剑而起，击败林胡，为赵国守住一线命脉。在这儿，蒙恬曾带着百战健儿，昂首向天，驱马来去，开疆拓土，战鼓震天。在这儿，霍去病曾手抚城堞，眺望远处，豪言如鼓："匈奴未灭，何以家为？"

这儿的每块砖，都被战火熏灼过。

这儿的每寸土地，都印下过战士们的马蹄。

这儿的一草一木，都倾听过向晚的号角和边塞的鼓声。

铁木真一定曾在这儿叩关长啸；徐达一定曾在这儿直立如枪；袁崇焕当年一身青袍，单骑出关考察，一定从这儿走过。

远去了刀光剑影，沉淀了金铁交鸣。

可是，那一个个鲜活的人物，却被长城记了下来，被民族记了下来。是他们，让我们这个民族在历史中得以延续下来，血脉流荡，代代不绝。

壮士不会死，只是渐凋零。

三

长城从耸立起来的那一刻起，已不再单纯是长城了，而是一个民族的形象，是一群人的雕塑，是一个民族的雕塑。

看见长城，无来由地，我仿佛看见了一群人。

我去的长城，是八达岭段。时逢晚秋，又值傍晚，八达岭一带，叶红如火。夕光如血，泼洒在山山岭岭间，泼洒在雉堞上，泼洒在长城的一石一砖上。那一刻，远观长城，远观晴空下起伏的垛口，我仿佛看见一排士兵，看见一群不屈的灵魂，看见一个个志士：他们浑身浴血，嘶喊着，怒吼着，站在长城上，面对着敌人。

我看到岳飞，登楼远望，怒发冲冠。

我看见文天祥，举首向天，心系故国。

我看到邓世昌，临死一顾，气宇轩昂。

他们就是长城，是国家的长城、民族的长城、精神的长城。从有史以来，屈指算来，屈原是长城，诸葛亮是长城，李靖是长城，聂士成是长城，丁日昌也是长城……

一个个志士，或效命海疆，或驰骋沙场，他们为国捐躯，喋血殉命，或百战高呼，或誓死不屈。他们用自己的生命，维系着一个民族，包括它的尊严、它的文化。

他们，是长城，有血有肉的长城，在历史深处，耸立成一道风景，供我们瞻仰，供我们膜拜。

四

长城，总是以沉默面对时间，以宁静面对河山，以稳重面对历史。它，一直静静地立于群山万壑中，立于松涛阵阵中。

雾起，它如海市蜃楼。

雾消，它如铁打钢铸。

和平时，它是一首豪放的词，铜板铁琶，大江东去，让人热血沸腾，难以自已。

战争年代里，它是一部传奇，刀剑交鸣，号角连天，记载着一个民族的传奇、一个民族的铁血、一个民族的慷慨豪放。

天之骄子，曾马鞭东指，叩关而战，然后黯然而退，悲伤而歌："失我祁连山，使我六畜不蕃息。失我焉支山，使我嫁妇无颜色。"

英雄戚继光，晚年曾驻防塞上，让敌人闻风丧胆，卷甲息兵。长城赢得几十年和平，塞无烽烟，野无战声。将军已去，长城仍在，诗歌仍在。"一年三百六十日，都是横戈马上行"，是写将军的，也是写不朽长城的。

到了明末，一座山海关，硬是为一个国家苦苦支撑了几十年。

关宁铁骑，也成为一代神话。

长城，是民族战争的舞台。

长城，更是抵御外敌的铁关。

1933 年，日军内犯，烽火陡起。长城，成了日军的丧葬地，成了他们的魔咒。喜峰口之战，二十九军的大刀，在夜晚的雪光中寒光闪闪，一群群从东瀛而来的狂妄至极的侵略者尸横遍野，血流成河。以至于日本朝野哀叹："明治大帝造兵以来，皇军名誉尽丧于喜峰口，而遭受六十年来未有之耻辱。"

那一群健儿，那一群华夏汉子，让侵略者牢记着他们的大刀。

宋哲元、张自忠、赵登禹等，一个个铮铮铁骨的军人，成为历史的一座座丰碑。

长城一战，打破了日军不可战胜的神话。

随之，一座座长城耸立起来，薛岳、戴安澜、方先觉、左权等，都是新的长城，是最坚挺的长城。他们身后，是千万个炎黄子孙，是千万座长城。

国歌里言："把我们的血肉，筑成我们新的长城。"

是的，长城，是砖砌的。

但是，在抗日战争中，在抵御外侮中，长城是炎黄子孙以生命筑成的。

五

长城，永远不同于运河。

运河，碧水如天，杨柳依依，它是江南，婉约、美丽。它是"杨柳岸晓风残月"，是"杨柳青青江水平"，是一片明媚的青花瓷。

长城，雄浑曲折，沉稳寂静，它是塞北，雄壮、豪放。它是"沙场秋点兵"，是"黄沙百战穿金甲"，是一种旷远辽阔。

运河，创造着一种美，滋润着一种美。它展示着一个民族的细腻多情、文采飞扬。

长城，展现了一种不屈、一种抗争的精神。它是一种对美的守护，对生活的呵护，它展示着一个民族的铁血精神、一个民族的勇敢不屈和一种"位卑未敢忘忧国"的御侮情怀。

因为有了长城，运河才得以波光云影，帆船如织；我们的诗歌里，才有了"采莲南塘秋"的雅致，有了"杏花春雨江南"的优美，有了"二十四桥明月夜，玉人何处教吹箫"的风流倜傥。

因为有了长城，我们才能泛舟西湖，走马塞北，三月踏青，中秋赏月。

运河，美化着我们的生活。长城，维护着这方美丽、典雅，就如我们这个民族的儿女们，以我们的血、头颅和生命，维护着我们和谐美丽的生活以及我们这个绵延不绝的民族。

长城，永远不倒。

一个民族的筋骨，钢打铁铸，万年长存。

古城千年月

一

他说:"那晚月色,一下把周围一切都刷成了半透明的银质。"他还说:"走在这样的山路上,浑身起一种羽化的空灵。"

他说的,是皋兰山月。

他,就是著名的文化旅人余秋雨。

他去时的日期没有具体说,但我想,离满月已经不远了。

我来时,则是恰有一轮满月,一轮纯银质地的满月,清冷冷地贴在天上,皓皓一白,俯视着兰州古城,俯视着长流不息的黄河,也俯视着皋兰山。

皋兰山,在月色下一派静谧美好,洁净无尘地静谧美好。

二

一轮月,一轮千年如斯的月,是皋兰山的一枚印戳,是历史深处一个洁白的音符，它在时间的长河里，永远洁白着，回荡着。

它看过匈奴人牧马，见证过他们的粗犷豪放。

那是一群怎样的汉子啊？他们骑马射猎，皮裘裹身，号角一响，历史震颤。他们跃马万里，金铁争鸣，一路呼啸而过，如一片云，越过千里草原，越过无边沙漠，在一个夜晚，来到这儿，驻马黄河，扬鞭塞上。那夜的月，也一定如今晚这般吧，大大的、圆圆的，把一波波雪光水色泼洒而下，让所有的山原、所有的河川一片白亮，犹如琉璃。

那月，如果用马鞭去敲，也一定会发出琉璃般叮叮当当的脆响吧。

这群匈奴人，驻马河边，恍如月下蚁群，遥指着月下的山，遥指着山上的月，一定高呼称奇，手之舞之，足之蹈之。

他们称山为皋兰山。至于为什么取这个名字，已经不重要了。重要的是，在那样一个月夜，他们来过，他们看到过，他们欣喜过，然后，策马而去，走入千里月色中，走入五千年历史深处，走成一个岁月的传奇。

这些，山见证过，城见证过，天空中，那一轮皓皓之月见证过。

三

以后，皋兰山，成了历史的景点。

金城，成了历史的要塞。

皋兰山的那轮月啊，则成了历史的一张图片，成了黄河古道、塞外古城的徽标。它映照过张骞，映照着那位长安来的使者拉着他的马，带着他的行囊，一路款款西来，行走在漫漫的千里沙漠上，行走在渺无人迹的荒原上，走过这座古城。他的身后，留下一地洁白的月光，还留下一条路，一条通向繁华的路，通向友谊的路，那，就是历史上大名鼎鼎的丝绸之路。

这轮皋兰月啊，曾照过他清瘦的身影、他坚毅的眉宇，还有他手里的节杖。

这轮皋兰月，也曾映照过玄奘，照白了他的袈裟，照亮了他的锡杖，照着他疲惫的身影一路而来，把大唐的文化、大唐的绝代风华驮在马背上，一路蹄声嗒嗒，走出塞外，走过兰州，走向苍茫的西域三十六国，走向天竺。

月下，总有那样一些人，来到这儿，租住在古城的驿站或旅店里，独坐窗下，望月长叹，见月思乡。可是，为了一个理想，为了一种信念，他们擦一把思乡的泪，披着满身晨月，踏着霜痕沙迹，再一次在驼铃的叮当声中，毅然走向远方，走出一条和平友好的路，走出一条繁荣昌盛的路。

这些，皋兰山见到过，皋兰山的那一轮月亮也见到过。

四

月，映照过和平，映照过歌舞，映照过"胡琴琵琶与羌笛"。月，也映照过鼙鼓声声，映照过铁马冰河，映照过芦管声中望乡的征人。

月，更映照过匹马西去的诗人身影，映照过铁甲如水的百战铁骑。

大约一千年前，烽烟滚滚，鼓角争鸣，一代英雄，鞭马皋兰，仰望山月。

他，就是西夏的开国君主元昊。

他，马鞭所指，战胜攻取，如同神话。他，纵横捭阖，在北宋、大辽之间走成一座丰碑。他挥军直入，击败吐蕃，驰马沙漠，占领兰州。那时，他长剑在握，旗帜如云，睥睨群雄，吞云吐月，何等威风。那时，这儿，一定号角争鸣，盔甲如水，战马嘶鸣，铁蹄如鼓。

这些，皋兰月一定见到过。

它一定映照过元昊策马扬鞭的雄姿，一定见证过他驻马塞上的豪壮，一定俯视过他如水的铁骑，一定映照过他雪亮的长刀。

一个民族的文质彬彬，一个民族的铁血豪迈，一个民族的骁勇不屈，一个民族的英武刚强，这轮皋兰山月，一定都看见过，映照过。

五

别说西出塞外无故人，那是古诗里的哀叹。

别说雪中千帐默默静立，那是古人的忧伤。

别说号角连天战云千里，那是历史深处的一页风云。

一切，都已过去，如一页纸，轻轻翻过。一切，都披着一层岁月的尘埃，隐入历史深处，隐入竖行文字中。

然而，皋兰山在这儿，兰州城在这儿，黄河在这儿。皋兰山上，还有一轮月在那儿，悄悄地映照着山，映照着水，映照着古城，也映照着几千年的历史。

一切，在月下都如水洗的一样清新洁白，纤尘不染。

一切，都敷着一层月光水色，处子一般宁静。

在这样的月夜，我静静地坐在旅店的窗下，不敢出去，害怕一脚下去，踩碎一地琼瑶，污染一地水色。抬头望去，今夜的皋兰山月啊，浮在蓝天上，如一颗宝石，又如谁用丝帛擦洗过一样，水汪汪的、皎洁的一轮。它仿佛把千年的白光积攒在了一起似的，在这会儿挥洒着，竭尽全力地挥洒着。空中流霜，庭院积水，空明洁净。

在这样的月光下，我愿化为一茎草，静静地生长在皋兰山的山谷里，随意地舒展着；我愿化为一根羽毛，悄无声息地飞扬在兰州城的月光下，自由上下。

谁说西去塞外无故人？

谁曾浩叹行路难？

西去塞外，有一座城在等着你，它叫兰州；有一条河在等着你，它叫黄河；有一条路，也在等着你，它叫丝绸之路。

当然，这儿还有一座皋兰山，还有一轮中国月，泼洒着一片盛世的月光，在静静地等着你，等着你悄悄地来，就如我这般，不惊动一片云彩。

俗世的几朵莲花

一

柴桑，在今天的九江市内，车来车往，一派热闹景象。

但是，一千多年前的柴桑，一定又不同于今日的九江。那时，柴桑"回廊亭榭，山色空蒙，烟水森森，想英雄身影午隐午现丁雾锁烟笼中，披甲横剑，临水伫立，衣带当风，阅师点将，以时来风送之姿，立不世功业……"这段文字所说的，应当是三国时的英雄们吧？当年，曹操亲引八十三万铁甲，剑指江南，孔明羽扇纶巾，只身来到东吴，与孙权相会于柴桑。谈笑间，三国之势，在柴桑即成定局。

历史，仿佛就此让柴桑定格，定格成古战场的风景。

然而，又过了几百年，一只小船，沿着河水一路飘摇，来到柴桑。船停下，一个读书人，幅巾长袍，走下船，来到这儿，结几椽茅屋，种几亩薄田，当然，闲下来，也会饮酒赋诗，南山采菊。

又一次，柴桑，在中国文化史上大放异彩。

这人，就是陶渊明。

关于赤壁有一副对联，上联我已忘却，可至今我仍记得下联云：天生一个赤壁，只为了周郎一战，苏子三游。言外之意，赤壁山水有幸，能在金戈铁马之余，又在翰墨丛林中产生出《赤壁怀古》《前赤壁赋》《后赤壁赋》这样的绝世文章，从而文才武略荟萃一处，山也风流，水也浩荡，何其有幸。

柴桑，与赤壁相比，其幸运之处有过之而无不及。因为，这儿不只是产生过赤壁之战宏伟蓝图之地，而且是陶渊明的故里。在这儿，一个诗歌流派崛起，源远流长，流布唐宋明清。

柴桑的幸运，源自405年的一天。

一个小小的官吏——督邮，今天看来，官位已不小了，大约相当于市纪检委书记——巡行各处，下属各县哪一个官员不打躬曲背，不谄媚而笑？然而，在一片恭维声中，却出现了一个身影，他摇头喟叹，并扔下一句千年来让那些一心向上爬并不惜丢尽人格的人脸红心跳的话：不愿为五斗米向乡里小儿折腰。

上司成了乡里小儿。今天的人，吓死也不敢说这样的话。

可是，一千几百年前，有一个读书人就敢于这样说。

这人，就是陶渊明。

那个督邮，想来一定和其他小官小吏没什么两样，肥头大耳，昂首向天，趾高气扬。但是，今天，当我们读到陶渊明那些清新如水的句子时，仍得感谢他。若不是那个督邮的面目可憎，不是官场的黑暗龌龊，又哪来这样一位超凡脱俗的大诗人？

那天，陶渊明一定犹豫过：是去，还是留？是卑躬弯腰，还是昂首挺胸？是丧失人格、大拍马屁，还是朗朗大笑、自由而歌？

终于，他放弃了名利，放弃了富贵，挣脱了物质的枷锁。那一刻，中国的诗歌史上注定将立起一座丰碑。

他脱下官袍，换上一身青衫布袍，挂印而去。

一叶舟，在风中飘摇；两岸山，在雾中妩媚。

那时，他一定站在船头，负手而立；那一刻，他的心中一定空灵如水，旷达如海，洁净如蓝天白云。脱离了官场的龌龊，该是何等轻松啊？甩脱了虚假的面具，又是怎样的畅快淋漓啊？

柴桑的早晨，河道一定是非常寂静的，寂静一如我故乡的河道。

朝阳爬上来，爬上东边山头，一丝丝光线穿破云雾，将山水变幻成一幅活泛的画儿。远处的山上，有斧斫声，有挖地声，还有山歌声；近处有鸡在鸣叫。谁家的草庐上升起一柱炊烟，直上高空？

陶渊明，终于回归故乡了。

中国诗歌，注定要摆脱烟火味，变得清新自然。

从此，柴桑故里，出现了一个中年人，一脸的书卷气，扛着锄头上山锄苗。月色在天时，他才慢慢回来。路上，遇见村中熟人，他会放下肩上的锄头，坐在石头上，和这些人谈论庄稼的长势，今年的雨水。月光下，一片寂静，虫鸣如雨。

劳累了，或者来客了，他也会到院里摘些瓜菜：上架的豆角、青嫩的黄瓜，再割点韭菜，让妻子炒几个菜，温一壶酒，一杯又一杯，谈笑之间，夕阳衔山，飞鸟归林。

柴桑多水。随意坐下，丝钩一放，钓上来的，就是柳叶般的几条小鱼。坐在月光下，独斟独品，也很舒服。

柴桑多雨。下雨时，扛着锄头跑回来后，他会搬张凳子坐在屋檐下，一边把双脚伸到檐外让雨淋着，一边看着书。

篱前有菊，山上有松，石边多溪水。可采菊看山，可抚松盘桓，可临溪照影、照心。此时，随口吟出几个句子，也轻冷冷的，浮萍一般脆嫩青葱。

这样的日子，不但心轻，就连梦也变得轻盈，仿佛一朵白云一样悠悠地飘，一直飘到天的尽头、地的尽头，飘到月亮中，一片洁白。

"归去来兮，田园将芜，胡不归？"

离开的，是一个小吏；归去的，是一个大诗人。心轻，自会诗灵。

多年后，绝世才子苏轼赞叹不已："渊明作诗不多，然其诗质而实绮，癯而实腴，自曹、刘、鲍、谢、李、杜诸人皆莫及也。"苏大才子很多诗也是如此，大概是受了陶渊明的浸染吧。

脱身官场的陶渊明，就如一朵挣脱淤泥的荷，干净而轻灵。

脱身世俗的陶诗，更如一朵夏日午后的荷，亭亭玉立，清新雅致。

古人嵇康临刑前弹一曲《广陵散》，然后喟然长叹："《广陵散》于今绝矣！"这话，用在陶渊明身上，是最恰当不过的——陶渊明之后，那种清风明月般的情怀，那种松风秋菊般的心性，那种白雪梅花般的人品真再难得见，成为绝响了。

成为绝响的，怕还有陶渊明这个人吧。

二

1091 年，朝廷下发文件，准备提拔苏轼，让他回到宫廷，担当翰林学士承旨。同时进京的，还有苏辙，担任尚书右丞。

翰林学士承旨，正三品，是皇帝的"秘书长"。哪个人不睁大了眼，准备往上爬。

可是，苏轼偏不，接到文件，马上拿起那支写《前赤壁赋》《后赤壁赋》的笔，开始给皇帝写"辞呈"。苏东坡这样做，原因很多，但最重要的一条是兄弟同朝为官，在他看来，这样极易互相包庇。

在《辞免翰林学士承旨第一状》中，他道，他的工作已移交完毕，但是，他仍希望朝廷收回任命，让他在地方任职。

当时地方郡守，一般是四品，比翰林学士承旨要低上一品。

至于原因，他说得很清楚："兼窃睹邸报，臣弟辙已除尚书右丞。兄居禁林，弟为执政。在公朝既合回避，于私门实惧满盈。"

在大家都崇尚朝廷有人好做官时，苏轼则担心，兄弟在朝，会对处理政事不利，希望辞掉朝命。

宋哲宗这人，还是特别重视文采的，尤其对苏夫子的如椽大笔更是看中，因此不准，再次要求他"乘递马疾速发来赴阙"——坐着驿站的马，赶快来上任。

苏轼无奈，再次写下辞呈，就是有名的《辞免翰林学士承旨第二状》。在奏章里，除了说明兄弟不能同朝为官的原因外，他还告诉皇帝，"清要之地，众所奔趋"——大家都削尖脑袋想去，你别担心无人啊。

而且，他自己呢，一边送奏章，一边上路，走走停停，到了扬州，赖着不走了，希望皇帝"特赐除臣知扬、越、陈、蔡一郡"，随便哪一个都可以。

宋哲宗也有犟劲，就是不答应，第三次下发文件，让苏轼赶快上任"签到"，这样，就出现了《辞免翰林承学士旨第三状》。苏轼为了说服皇帝，又加上一条理由：过去有官员任翰林学士，他侄子当参知政事，朝廷为了避嫌，就免去了他的学士职位，现在，我也可以依照这个旧例，这叫什么？有章可循嘛。

皇帝说不行，没有答应。

无奈，苏夫子只有车船劳顿，到了京城，勉强上任，心里却觉得很不妥当，趁太皇太后生日普天同庆时，又写了份辞呈送给皇帝，可怜巴巴地哀求，"欲候上寿讫，复遂前请"——希望等到太皇太后生日结束，再满足自己的请求。

这个苏夫子，简直不通常情。

这个苏夫子，简直匪夷所思。

然而，就因为这匪夷所思，这不通情理，苏轼才显得潇洒出尘，飘若白鹤。

一千多年来，我们一直在赞颂苏轼的潇洒超脱，可是，有几个人学会了他的舍得？在名利面前，在富贵面前，若如苏轼一般舍得，人人都可洒脱，都可飘逸如云。

三

那年，他忽遭不测，母亲死去。当时，他在外地，回家奔丧，写信给待在京城的儿子，让他也回家奔丧。他的一家老小，此时寄寓在北京，缺少盘缠，寸步难移。他写信告诉儿子找朋友借钱。临了，他在信中道，京城朋友，也有很多欠他钱的，其中贫苦者，万不可去讨要："盖我欠人之账，既不能还清出京，人欠我之账而欲其还，是不恕也。"

他让儿子明白，什么是推己及人，宽以待人。

有一年，他的儿子出外游学。他给了点钱后，在和弟弟的通信中，婆婆妈妈地念叨："余给之钱，实为不少。"作为一个封疆大吏，出手如此寒酸，其中原因，他一语道破："余家后辈子弟，全未见过艰苦模样，眼孔大，口气大，呼奴喝婢，习惯自然，骄傲之气入于膏肓而不自觉，吾深以为虑。"

他用这种严苛、这种约束要求儿子节俭。

他在军中，硝烟弥漫，战事之余，夜晚提笔，念念不忘，告诉儿子："今年齿衰老，时事日艰，所志不克成就，中夜思之，每周愧悔。泽儿若能成吾之志，将四书五经及余所好之八种书——熟读而深思之，略作札记，以志所得，以著所疑，则余欢欣快慰，夜得甘寝，此外别无所求矣。"

他用这种方法激励儿子，希望他远离逸乐，珍惜时光。

他当上两江总督时，妻子高高兴兴带着孩子们赶去，想享受一把，竟出乎意料，缺少零花钱。而且，每天，他还给女儿们定下任务，也就是每天的作业：早饭后，做小菜、点心、酒、酱之类，食事。巳午时，纺花或绩麻，衣事。中饭后，做针线刺绣之类，细功。酉刻（过二更后），做男鞋女鞋或缝衣，粗功。

他用这种办法锻炼儿女，杜绝他们好逸恶劳的习惯。

当他已成为中兴名臣、国家柱石。儿子外出，他写信告诉儿子："尔在外以谦谨二字为主。世家子弟，门第过盛，万目所瞩。"他怕儿子胡来，怕儿子摆官二代的谱，怕儿子坏了自己的清白门风。

当他节制东南半壁，位列一人之下万人之上时，他的儿子去考试，他反复叮嘱："场前不可与州县来往，不可送条子，进身之始，务知自重。"他以此提醒儿子，要把自己看成一个平民子弟，不能搞特殊化。

这个人，就是晚清重臣曾国藩。

他的儿子，就是后来在和沙俄谈判时，铁骨铮铮、据理力争，夺回中国失地的曾纪泽。

曾国藩是官，还是大官。曾纪泽是典型的"官二代"，却是一个可亲可敬的"官二代"，他的成功，是离不开他那个当大官的爹的谆谆教诲的，离不开那一条一条语录、一封封信件的。

看来，"官二代"成人与否，和老爹还是有很大关系的。

四

纳兰容若和仓央嘉措二人，从未相见相识，更未相知相羡，但是，两人身上，竟有如许相同之处。

首先，两人在世时间主要都属康熙盛世。算起来，纳兰容若比仓央嘉措早出生28年：纳兰容若生于1655年，而仓央嘉措生于1683年。

其次，两人地位尊贵，其时少有人比。纳兰容若是康熙身边的一等侍卫，深受康熙赏识。其父乃一代权臣纳兰明珠，官居内阁十余载，"掌仪天下之政"，权倾朝野，一时无两。仓央嘉措，即六世达赖喇嘛。

纳兰容若和仓央嘉措，一个是翩翩佳公子，一个是青年活佛。

再次，两人都少年俊秀，才气纵横。在诗歌史上，他们属于奇才，援笔为文，立马可待，随意一吐，玉珠叮当，平仄盈耳，让人读后如饮美酒，如对白荷。纳兰容若词风流畅，自然流利，被誉为"谁料晓风残月后，而今重见柳屯田"，上追北宋词坛巨擘柳永。他的"山一程，水一程，身向玉关那畔行，夜深千帐灯"更是尽人皆知，传遍市井，后世还上了教科书，供学子诵读。据说，仓央嘉措习经坐关之余，随口诵唱："洁白的仙鹤，请把双翅借给我，不飞遥远的地方，只到理塘看一看。""在那东山顶上，升起皎洁的月亮，年轻姑娘的面容，浮现在我的心上。"这些被后世谱曲为歌，至今仍遗响歌坛，醉倒一代代的红尘男女。

更为相似的是，两人都是情圣。

他们的多情，不是作秀，不是无病呻吟，而是情生于心中，生于灵魂，生于血脉，自然、深挚，发而为词、为诗，则字字含情，句句带泪，让人看了，心酸落泪，难以自拔。纳兰容若，据说其心爱的女子入宫为妃，咫尺天涯，终难相见，徘徊中宵，寤寐思服；仓央嘉措是活佛，虽有一恋人，时刻牵绊，却有情人难成眷属，难圆相思梦。两人的情诗，于是就有一种岁月如水、佳期如梦、相思断肠、无由得见的一唱三叹，有一种欲说还休的忧伤。

"人生若只如初见，何事秋风悲画扇。等闲变却故人心，却道故心人易变。""辛苦最怜天上月，一夕如环，夕夕都成玦。若似月轮终皎洁，不辞冰雪为卿热。"夜半默读纳兰容若的无言默诉，总感到凄苦如子规泣血，纯净如白露横江。

"心头影事幻重重，化作佳人绝代容，恰似东山山上月，轻轻走出最高峰。""游戏拉萨十字街，偶逢商女共徘徊，匆匆缩个同心结，掷地旋看已自开。"仓央嘉措的月夜独白，听来无奈凄苦，犹如孤鸿哀鸣。

这，也是三百年过去，他们的诗歌仍在一代代多情男女心中发芽开花的原因。

他们死时，都很年轻，纳兰容若三十出头；仓央嘉措，若按正史推算，也才二十五六。

他们生前，为情憔悴，为情而歌；死后，却都为人所不解。

纳兰容若死后，其父读了他的词长叹，这孩子生在我家，如此富贵，怎么还如此忧伤啊？

仓央嘉措，最终被康熙贬废，在押解赴京的路上圆寂于青海湖滨，给自己短暂的一生画上了句号。

俗世，总是充满虚伪，充满浮荡和污浊。

可是，在这样的泥淖中，仍有人为心而歌，为情而唱，给荒芜的感情沙漠带来一星青绿和清凉。

五

废名，是中国现代文学史上极具个性的一位小说家，文笔清新如露，感情自然如水。

废名是黄梅人。黄梅，乃佛教四祖、五祖修行之处。此地有五祖寺，烟火兴盛。废名很小的时候，就去寺庙玩，跟着大人一块儿去进香、磕头。

佛，在他的心中，早早就撒下一粒种子。在北大任教时，这粒种子发芽了。他笔耕之余，研究起佛学来。

当时北大另有一名人，黄冈人，也醉心于佛学，这人，就是著名的哲学家熊十力。

两人既为湖北同乡，又为同事，更有相同的爱好，于是，没事时，常常坐在一起，一椅一扇一杯茶，谈起佛学，切磋佛理，大有相见恨晚之意。

可是，两人都有一个特点，在学问上，坚定自己的观点，轻易难改。

为此，两位大师终于产生了分歧。

一日，对于同一佛理，两人争论起来，废名认为自己的观点对，熊十力则嗤之以鼻，认为自己的对。废名认为，熊十力这纯属一根筋，熊十力更生气，认为废名固执己见。

两人第一次不欢而散。

废名回家后，左思右想，认为没让熊十力接受自己的意见，是一种失败，是一种不负责任的做法，为了光大佛学，自己有责任也有义务去再次说服熊十力。

熊十力呢，也有此想法。

又一次，两人凑在一起，一人一杯茶、一张椅，滔滔不绝，展开口水大战。当然，现场没有裁判，也比不出高下。

既而，两人不争了。

有上心的人忙跑进屋内去看，两人早已闭紧嘴，咬牙瞪眼，扑在一起，在那儿摔起跤来。原来，二人谁也说服不了谁，均极怒，施展全套武功，想用武力迫使对方接受自己的观点。

两人在朋友相劝下罢了手，华山论剑终没分出谁胜谁败。

废名力战之余，思索再三：武打不行，口斗不行，我来笔战。当晚，他拿起笔来，洋洋洒洒写下个人佛学见解，发表在报上；熊十力一见，岂甘败落？他马上写了一篇批驳的文章，登在报上。废名更怒，提起笔来，再写一篇批驳熊十力文章的文章，还以颜色。

两人边打笔仗，边阅读对方的文章，寻瑕抵隙，给予回击。慢慢地，他们在阅读中接受了对方正确的见解，并将其补充到自己的理论中去。

几篇文章写罢，大家发现，有一天，两人又一张椅、一杯茶，坐在一块儿谈起佛理来，还不时地哈哈大笑。

能坚持，是伟大；在坚持中接受别人的见解，更伟大；在坚持和辩论中，既完善自己，又完善别人，是伟大中的伟大。现在的学人中，还有废名、熊十力这样的人吗？

　　这些人，都是俗世的莲花。

龙游湾，微型江南

有人说，龙游湾，是一首宋人的小令。

有人说，龙游湾，是明代公安派的小品。

这些，都是言其小，言其玲珑美好。

我却认为，龙游湾是一处微型江南，是"二十四桥明月夜"中的水乡余韵，是黄梅戏里水袖飘摇的断桥西湖的精装版。

如果在江南，一个龙游湾，会让江南任何一湖一水逊色，躲在深闺，羞于露面。

然而，它不在江南。

它在西北，在沙漠，在"北陆苍茫河海凝"的瀚海，在沙尘浩荡的塞外，在"天似穹庐"的旷野。

它是沙漠中一个盆景，虽小，却剔透灵秀，清新明媚，如粗犷沙漠中的北国胭脂，却扇一顾，倾国倾城。

它是乌海的眼睛，明眸善睐，水光流荡，让人迷醉。

我们来时，是夏季。此时，龙游湾是一片海洋，更是一片草的海洋、一片绿的海洋。从沙漠中来，从遮天尘沙中来，从单调一色中来，一时，我们站在这儿，有种如梦如幻的感觉。

龙游湾的水，来自黄河，可并不浑浊，很净，净得如婴儿的眼睛，如恋人的情语，如一段昨夜的梦。洁净的水映着蓝天的影子，还有一朵朵白云。北方的天，是一种一尘不染的蓝、一种响脆的蓝。此时，这种蓝都沉入水底。水，在六月的天光中，竟沁出一种洁净柔和的光、一种仿佛被水洗涤过的光。人站在岸上看水，得眯了眼。水光映在人的脸上、人的身上，晃动着，一闪一闪的。

这水，柔得如小家碧玉，温情脉脉。

这水，静得如一匹白纱，唯有一丝丝水纹颤动。

我们坐上一只小船，真正的柳叶一样的船，在水上随波而动，不敢动桨，怕一动桨，搅了这样温柔的水，这样沁心的静。

水边，是芦苇，北国的芦苇，沙漠中的芦苇。

芦苇很密，围着水一层层铺展开，绿得冒汁，绿得醉眼。水边也映出一圈儿绿。人的须眉、人的衣衫，都映上一层莹莹的绿。甚至，坐在船上，我们感到我们的人、我们的心都成了绿色的。

芦苇中有牛出没，有羊出没。"天苍苍，野茫茫，风吹草低见牛羊"的北国风光和山秀水媚的南国风韵，合二为一，也只有龙游湾一处。在别处，从未见过。

芦苇丛中，传来鸟鸣，不时地，有鸟飞起，几只一群，或者一两只一起，舒缓地拍着长长的翅膀，在如洗的晴空中飞动着，在芦苇、白水间轻盈地飞来飞去，然后，一敛翅，落入芦苇中，或站在沙洲上，啄着羽毛，抬着长长的腿缓步而行，绅士一样。

这，竟然是天鹅，难得一见的天鹅。

这儿，竟是天鹅的乐园。

龙游湾，是黄河河曲的凸岸，夏季水涨，流漫而出，漾荡成泽。于是，乌海人因势利导，进行改建。不久，这儿变得水清如目，芦苇如眉，绿草如纱，风景如画。

有人说，江南是青花瓷。

那么，这儿就是微型青花瓷。

江南的青花瓷，得益于山水风韵，得益于江河梅雨。那么，龙游湾这尊微型青花瓷，则得益于这儿独具慧眼的人，得益于一种匠心独运。

站在高处，隔黄河而望，所见不是袅袅炊烟，而是乌兰布和沙漠，是长风万里，是"长河落日圆"，是"地脉平千古"，是唐诗中永远也传唱不尽的荒凉和豪壮。

低头抬头间，两种风景映入眼帘，秀美与壮丽兼而有之，可谓奇观。

此时，落日已下，圆如巨轮。一切，都淹没于夕光中，包括湖荡，包括芦苇，包括展翅飞翔的天鹅，也包括远处的沙漠。

我们，也该离开了。

今夜，我在梦中将重新徜徉而来，进入这青花瓷般的意境，打捞起这无边的月色、无边的遐想、无边的美丽。

做一朵黄桥的荷花

一

爱荷花，爱的是那种洁净，那种雅致，那种风韵，那种"水面清圆，一一风荷举"的情态，那种"骨香不自知，色浅意殊深"的温婉谦虚，那种"接天莲叶无穷碧"的色泽。

荷花有香，可以做到"香远益清"，丝丝缕缕，清风之中，缭绕不散，沁人心魄，入人骨髓，让人心为之爽，魂为之醉。

荷花更有骨，可以做到"中通外直，不蔓不枝"，可以"亭亭净植，可远观而不可以亵玩"，可以让人长吟短叹却不可以被戏侮。

经过唐诗的润泽，经过宋词的浇灌，荷花总是在线装书里散发着幽幽的香气，和翰墨之香荡漾在一起；总是在悠扬的箫声中，和采莲女子的歌声相互映衬；总是在红牙拍板中，和江南的黄梅戏交相辉映。

可是，荷花的美，必须有水的映衬，就如珍珠，必须放在碧玉盘中；就如酒窝，必须长在美女的脸上；就如蝶儿，必须点缀在花丛间。如果没有水，荷花将失去颜色，丢掉风致，就如小巷没有了青青的石板路，就如粉墙缺乏一两枝桃花的点缀。

水，润泽了荷花，也优美着荷花。

二

"采莲南塘秋，莲花过人头。低头弄莲子，莲子清如水。"听着这样的歌，如果再划一只小船，进入荷花丛里，那该是何等的享受、怎样的沉醉啊。那时，我们一定会感觉到，自己仿佛就是一个诗人，就站在荷花丛中，看"荷叶罗裙一色裁"的女子，在和女伴泼着水，嬉闹着；看"采莲从小惯"的少女，在荷塘中唱着情歌，低头一笑，躲入荷叶之中；看浣衣村姑站在荷塘边，和荷花相映衬，"双影共分红"。我们的心，就悠悠地走远了，走入那个莲叶田田、情歌声声的世界，走入那个荷叶如海、荷花如星的地方。

我们的身边，仿佛就有了哗哗的水声。我们就仿佛坐在船上，船舷旁就是白亮亮的水，女孩们在荷花深处，争渡争渡，惊起了鸥鹭，溅起的是白亮亮的水花。那水花，溅在采莲女的脸上，晶莹灵动；挂在她们的睫毛上，水钻一样，闪闪发亮；溅在荷叶上，还有荷花上，那就成了一颗颗圆润的珍珠。

可惜，一切都是想象。

可惜，一切都远去了，包括碧翠无边的荷叶，包括洁白干净的荷花，还有采莲女，还有温情的流水，还有那长吟短叹的诗人。

一切，都淹没在滚滚红尘中。

一切，都迷失在浮躁中。

在都市，在商场，忙碌结束的刹那，我们回望，寻找，失望，长叹：唐诗宋词，已经离我们一步步远去；古人的潇洒风流，已经与我们无缘；南北朝的采莲曲、唐诗宋词里的荷花，也成为昔日的风景。

三

不是烟花三月，是六月，我们坐上一条船，孤帆远影，下了江南。有朋友说，去黄桥吧，看荷花。

我们就来了，来到山柔水软的苏州，来到了苏州的黄桥。

黄桥的水很柔，亮汪汪的，如害羞的女孩，总有点欲说还休的娇羞；总有点"犹抱琵琶半遮面"的内敛；总有点眉眼盈盈的多情；总有点低眉回首的纯洁。

这样的水，只适于静静地看，静静地照影，静静地沉醉，把自己的心沉入水中，化为水草，随水飘摇，随着柔波，轻轻地动荡。

这样的水，只适于江南的女孩，吴侬软语，悄悄地荡漾开，荡漾在柔嫩的风中，荡漾在天青色的江南山水中，荡漾在青花瓷一般的黄桥，清脆、瓷白、润泽。

一切，都那么婉约，那么柔美，仿佛一首唐代的绝句、一阕宋代的小令！

可是，在这诗歌里，如果缺少荷花，就会缺少一种难以言说的美，就如西湖缺少黄梅戏中的那一段传说；就如乐游原上缺少那一轮苍茫的落日；就如二十四桥缺少一声悠扬的箫声和一群美丽的女子。

黄桥，缺不得荷花。

这儿是荷的故乡，是荷的国度。在这儿，荷招展风情，姿态万千。

黄桥，是荷的 T 台。荷，是这儿最美的女子，她风姿万千，在这儿微笑着，在这儿娇媚着；在这儿"巧笑倩兮，美目盼兮"；在这儿"一顾倾人城，再顾倾人国"；在这儿低眉敛目着，开怀大笑着。

多少种荷啊，水莲、玉莲，争相比美；粉色、白色、橙色，纷纷登场；单瓣、重瓣、复瓣，姿态不一。哪儿的选美有这儿的热烈；哪儿的美女，有这样的天姿国色；哪儿的女孩，有这儿的自然清纯；哪儿的女子，有这儿的冰清玉洁；哪儿的红颜，有这儿的中挺外秀？

黄桥荷花，是世间最好的女子，素面朝天，一任自然。

漫步在这儿，眼前，一片片荷叶组成一个巨大的碧玉盘；一朵朵荷花，如碧玉盘中的珍珠，晶莹、剔透，有的才露尖尖角，有的开得如红玉一般，有的"婀娜似仙子，清风送香远"，已经大开了。

四

我们去的地方叫"荷塘月色"，是一个让人心驰神往的地方。

在这样的地方，是不好坐船的，会打扰了荷们，会惊扰了她们的兴致，会打破这儿的宁静，会吓着她们的。因为，她们在这儿静静地聊天，在这儿美丽地开放，在这儿对着流水照着影子，甚至，在同伴面前，显示着自己的娇美。

沿着木栈桥，我们慢慢地走着，观赏着。

在一朵荷花面前，我停住了。这是一朵花骨朵儿，含苞待放，将开未开，躲在一片片荷叶和一朵朵荷花的后面，轻轻地晃动，带着一点微微的腼腆和一种难以言说的心事。

我突然想到一首诗："君家住何处，妾住在横塘。停船暂相问，或恐是同乡。"诗中那个撑船的女孩大概就如这朵将开未开的荷花一样吧。她的心中大概也如这朵荷花一样，包容着娇嫩的花蕊，包容着细细的芳香吧。

我的心中，竟无来由地产生一丝惆怅。这荷花如果是江南的女子，我，则是骑着马踏过青石板小巷的游子。

三月早已过了，跫音轻轻响起。向晚夕阳照在水面上，洒下一层金色随波荡漾。

在这儿，我不是归人，而是个过客。我们真得走了，挥挥衣袖，作别那田田碧叶，作别那一尘不染的荷花，也挥别了青花瓷一般的黄桥。

黄桥的黄昏，远远望去，透明润泽，沁着一层水色。

来生，我愿做一枝荷，生长在青花瓷一般的黄桥。

陪着心灵漫步

一

"时间是用来浪费的"是谁说的？这话很好。

第一次听到这句话，我正站在楼上。透过窗子向外看，阳光照在玻璃上，水一样无瑕。有一只蚊虫，轻轻地扇着翅膀，驮一抹秋季的暖阳，在窗外撞着玻璃，"叮叮"地响。

这是一只无所事事的蚊虫，就如我，此时也无所事事。无所事事，而且，心里没有一点沉重感、紧迫感，真的很美。

在小城，我租住着郊外一套小楼，长长的窗子，蓝花窗帘垂落下来。每个星期天早晨起来，或在落日黄昏中，我都爱站在窗前，消磨掉那点悠闲的时光。

窗户对面，是苍翠的远山。

早晨，山上的雾没散，薄薄的，薄得如一阕婉约的江南小令。雾中透出一种幽幽的蓝色，如女孩的眼影一般，淡淡的，沁着微微的清凉，让人的心中也沁着清凉，轻如蝉翼的薄凉。

雾，慢慢散开，山也露出青嫩的眉目，如邻家少妇一样，一派婉约。人的心，此时也一片亮光。

至于黄昏的山，远远地看来，有一种悲壮、苍凉之感。

夕阳下的大山，显得格外清晰，包括房屋，包括树木，还有劳作的人，历历在目，如在掌中。再远的山的深处，有炊烟一柱，直升天空，淡淡一撇。有鸡鸣的声音，隐隐传来，朦胧而又清晰，恍如故乡就在眼前，老母就在檐下。一时，竟有一缕思乡的酸楚之情直漾上心头。

酸楚，也是一种享受，只会在悠闲的时候袭人身心。

在故乡的小镇上，我爱散步，用这种方式来浪费掉自己的一点悠闲的时间。

小镇的侧面，是一面坡，一条曲曲弯弯的小路一直升上去。路的两边，有草如毯，有花如星，一只只虫子在花草丛中鸣叫着，扑腾着，有振翅声，窸窸窣窣。远处，山歌声时时响起，在亮亮的天空下回旋。

一旦改完作业，备好课，我就会走出去，沿着小路，一步一步向上走。一般我从不找朋友结伴，也害怕路上遇到熟人，就这样一个人漫步，漫无目的地走。

这时，所有的声音都远去了，或者说，都离开了我的耳朵。

天空蓝蓝的，有一两片云轻轻擦过。风很薄，如透明的纱，在面颊上拂拭。一趟下来，一身的沉重，满心的疲惫，都被风吹向了天尽头。

古诗中的"因过竹院逢僧话，又得浮生半日闲"说的大概就是这种心情。

是的，浪费时间，就是一种心情、一种悠闲。

在红尘里，我们太忙了，太累了，所有的一切，都逼迫着人如螺旋一般，不停地旋转。我们早已异化为非人，成了机器。

在紧张的工作中，为什么舍不得消费一点时间呢？

在阳台前坐着，看朱墙竹影，斑斑驳驳一片，拢一片阴凉，也在心中拢一片碧绿。看着浓荫，随意吟几个句子，或平仄，或不平仄。这是浪费时间。

在后院的紫藤花架下，掇一张躺椅，斜躺着，看着一串串紫藤花的珠光宝气，即使有一两朵花落下，落在身上脸上，也懒得去拂。这也是浪费时间。

在夏季里，找一个清澈的水潭，跳下去，快乐地洗一个澡，然后爬起来，躺在洁净的沙滩上。头上，是一片青葱，任阳光透过枝叶洒下，星星点点，一个人慢慢睡去。醒来，已是午饭在即。这也是浪费时间。

春季看山，是浪费时间。

夏对荷花，是浪费时间。

秋赏红叶，是浪费时间。

到了冬天，在飞飞扬扬的雪中，拢着手，漫步雪野。看天地一白，浑然一色；看一件红风衣，在雪里晃动着，带来无限的温暖——也是浪费时间。

这样的浪费时间，多美啊，多么富有诗歌意韵啊。

那么，工作之余，我们为什么不浪费一下时间呢？

二

自然，是一种大美。大美，可意会而难以言传。

前日，读书时，偶见半联残句："文章草草皆千古"，一时，我心里一动，一片空明，恍然之间，仿佛置身于清风明月中，无一丝沉重之感，无一丝凝涩之气。

这句诗写出了自然的大美。

不加雕琢，随意写来的文章才是好文章。它自然、流畅，如泉流山涧，水注斜坡，随物赋形，无一丝凝滞，无一丝不恰到好处。

"草草"二字的意思不是草率、孟浪，而是随意，是流畅自然。注重自然，这样写出来的文章，是即兴之作，而不是草率之作。这样的文章，是文中隽品，所以能入口留香，能流传千古。同样，生活中，一切取法自然的东西，都是生活的上品。

由此，我想到了人。

平日里，我们有太多束缚、太多的牵绊，因此，我们得西装革履，得领带俨然。同时，我们必须面带笑容，逢人打躬、握手，甚至出席很多我们不愿出席的会议，参加一些我们不愿参加的宴会。

社会生活让我们疲累，也让我们变得庸俗，更让我们失去本来面目。

而自然生活中，却有无边风月，让我们在劳累之后，走入其中，可以放松一下身心，调节一下情绪。

著名文人陆文夫，隐入苏州小巷，一把茶壶，一包茶叶，日日泡在古旧的茶馆中。以他的话说，坐在楼上，面对着流水长天，一边听着楼下水上的木船"咿咿呀呀"地划过，然后，喝一口茶，就是一种回归自我的自然生活。

据说，一日，一位作家朋友欲寻找这种生活，沿着一条窄仄的小巷摸进去，是一扇木门，再进去，有一个茶馆，一群茶客谈天说地，其中一个老头，一只脚脱下鞋架在凳上，一手拿壶，闭眼品茶，有滋有味。一看，竟然是陆文夫。

现在，斯人已逝，还有几人懂得自然之道？每每想到这儿，我都会感叹不已。

可惜，我不太爱喝茶，渴了，就是一杯白开水，很难领略茶中自然之趣。我喜欢读书，喜欢一个人静静地、无忧无虑地读书。

我老家有一个后院，地面用石子铺就，有一架紫藤，那绿绿的叶子、紫色的花儿把院子笼罩在一片花香和绿色之中，清净如水。

放假时，我爱回去，每天早晨睡个懒觉起来，洗罢脸，吃罢饭，搬一把躺椅放在紫藤花下，再拿一本书，躺着，很随意地看起来。

这时，我决不看深奥难懂的书，或者干巴乏味的书。一般，我读古诗词，或是消闲书，或者名人的小品文。当然，看书也很随意，没有任务，或几页，或几十页，有时，甚至仅仅几段。

此时，花香袭人，绿影照身，不时地有花瓣飘下，撒满一身，如蝶，如雪，很美。有时，我躺在那儿就傻傻地想，什么时候，人如紫藤花，自开自谢，多舒服。

想罢，一笑，仍然傻傻的。

就这样漫无目的地读，无边无际地想，然后，迷迷糊糊睡过去，任他花开花谢，我自醺然不知，一直到母亲喊吃饭，才醒来。醒来后，我觉得一身轻飘飘的，眉眼也开朗了许多。这时，我深深感叹"采菊东篱下，悠然见南山"真是最自然、最自在的了，难怪陶渊明要远离世俗，亲近山水。

做个自然的人，明月清风，真美。

三

种花的人很多，但懂得种花的人却很少。

常见的种花人，都是特意买得细瓷花盆，擦得亮亮的，在里面种上一丛兰草，或者一丛菊花，让人看了，心里堵得慌——既替花儿，又替瓷器，更替那个养花的人。

用细致的瓷盆养兰草，犹如让隐士穿金戴银，用玉杯饮茶，大煞风景。

养花，要自然，要随意，不可为好看而养花。为陶冶性情养花，自有一种山野情趣，让人见了，也自有一种清风明月在怀的感受。

前日，我到朋友家玩，进了院子，一时遗失了自己。

院子里，花草一片，丛丛簇簇，仿佛竹林七贤聚会一样，随意横斜，高低掩映，俯仰生姿。最让人感叹的，是几枝菊花，随意地长在一把破茶壶中。茶壶破极，壶嘴已落，一朵菊花小蕾，从壶嘴冒出，探头探脑。菊花不肥，瘦，"人比黄花瘦"，这几枝菊花更瘦过了这句诗。但那种瘦清雅、婉约，和这句诗一样，沁着一种古雅的韵味。

最有趣的是一丛兰草，竟养在一个陈旧的蛐蛐罐里。罐中随意扔了几块石头，光滑圆溜，或竖或卧，自成姿态。石子中，冒出几株兰草，苍劲、墨绿。兰草中，几根长长的秆子上面开着星星点点的花，紫色的，如呢呢喃喃的话语，扑鼻生香。

此人，可算深得养花之道了。

常常，当工作累了的时候，我爱放下手头的工作，在各处转转，走走。一日走到校园前楼上，一片青翠嫩红吸引了我的眼睛。

这是一个退休老教师的阳台，就在一楼，花花草草一片，但最惹眼的是几个花盆，已破了，被几根草绳捆着，上面长着几棵辣椒，很旺。青葱的叶子间，有青色红色的辣椒冒出，一个个胖胖的，青的如碧玉，红的如胭脂，醉了人的眼。

老人坐在椅上看书，头顶是一盆吊兰，枝蔓披散而下，指甲大的叶片，经阳光照射，一片淡黄洁净的绿，清新明目。突然，从绿里传出婉转的叫声，如清风流水一样，圆润、轻快、流畅。

看着我满眼疑问，老人分开藤叶，里面是一个鸟笼，笼门开着的，里面两只鸟，叽叽喳喳的，见了人，一双豆眼溜溜转着，一点也不怕人。

养花，养到如此境界，可算花的知己了。

养花，养的是心情，养的是人的性情，养的也是花的性情，因此，养在青瓷花瓶中，不如养在乱瓦破盆里；养在玉柱栏杆旁，不如养在竹篱茅舍旁；点缀在假山池沼中，不如养在野山瘦水间。

就如现在，我养了几株蒲公英，养在一个破旧废弃的脸盆中。有人经过，会笑问一句，养那野花野草干吗？

我笑而不答。

到了花儿盛开时，淡黄的花儿，会让我想起故乡的田野；到了花儿老去时，对着毛茸茸的种子一吹，满空飘飞的小伞会让我想起童年时的游戏与笑声。可是，这种心思，我能对谁说呢？又有几个人能懂呢？

四

青苔易生。一夜小雨如丝，早晨起来，天气放晴，粉墙上，绿色掩映，掀帘去看，昨日的一点青苔已经涸成了一片，慢慢地点染上了石阶、台坎和墙头，幽幽的一片绿。人见了，一颗烦躁的心也顿时化成了一缕青绿的风，在晴空下飘洒，无限舒展。

难怪古人说，小阶一夜苔生。

其实，石上也极易生青苔。不说山石，就是河里的鹅卵石，只要上面有一线裂缝或一星凹痕，都会渗出一星一点的绿，虽小，只有针鼻子大，可仍能让人感到生命的坚强。拿起一枚鹅卵石，看着上面泛着的那点绿，就仿佛感觉到自己拿的不是一块冷冰冰的石头，而是一个有体温、有知觉的生命。放在耳边倾听，好像还有稚嫩的叫声，细细碎碎的，如即将破壳的小鸡的声音，脆脆的，尖尖的。

青苔并不葳蕤，而是幽幽地绿着，如宁静夏日里的一帘午梦，绿得纯净，也绿得安详而不张扬。因而，它们总是画家、园艺家和工艺美术师的爱物。

画家画画，爱画青苔，点染在山石上、古树上、石阶上，作为一种装饰。在建筑师的园林中，工艺美术师的盆景中，青苔也是必不可少的。

然而，青苔的神韵，人们看青苔时的心情，却是无论如何也画不出来，装饰不出来的。

面对着一块青苔，一种绿意刻骨铭心，直映入赏苔人的心中。看得久了，仿佛置身于千里草原、万里林海，仿佛面对着嫩草、湖泊和蓝莹莹的天。这时，自己也好像置身于阴山下、草原上，天宽地阔，风吹草低，直想高歌一曲，以抒快意。

　　雨后的早晨，踏着丝绒般的青苔漫步。脚下，是一种温馨、舒适之感，如一丝电流，沿着鞋跟直传到心中。这一刻，心中也有一种悠然安详的滋味，如青苔缓缓地铺展开来，铺了一心一肺，都是绿绿的轻松、绿绿的舒缓，让人舒坦得说不清道不明。此时，人事的纠葛、名利的得失全都消失得无影无踪，取而代之的是干干净净的一片空明洁净，片云不浮。

　　这种悠闲，在现今社会是一种奢侈。因此，赏苔，也算心灵的奢侈品了。时下的人们，有几个能够享受得到呢？

第五辑

用书卷沁润自己

给心灵一丝滋润

一

心累时最宜读诗，尤其一身疲劳，回到家里，拿起本薄薄的小册子，读上两首诗，最为惬意。

好诗如月，心就如月下的荷花，袅娜开放，散发着丝丝缕缕的香味。

好诗如雨，心就如一片荷叶，在春雨的滋润下，青绿水嫩，通灵洁净。

读诗，可以是古诗，可以是现代诗。

读古诗，最好是王维的。王维半官半隐，诗已接近佛境，已除掉人间烟火味，没有了红尘烦恼，有的是一种沉静，一种大彻大悟后的空灵透明。"山中相送罢，日暮掩柴扉。春草年年绿，王孙归不归。"这样美好的诗句，不是一个羼在红尘里的人能写得出来的。

一颗洁净之心，在最热闹处，能倾听到心灵的低吟；在最冷寂处，能听见自然的声音。"空山不见人，但闻人语响。返景入深林，复照青苔上。""人闲桂花落，夜静春山空。月出惊山鸟，时鸣春涧中。"整个大唐，诗人如昨夜星辰，闪闪烁烁，可这样寂静中的声音，只有在王维的诗中能听见。因为，王维已挥手告别名利，告别红尘，走进山水中，走进了自己的内心。

读王维的诗歌时，我们会时时提醒自己，红尘之外还有山水，有一个心灵皈依的世界。这样，我们在心累的时候就会歇一下，就会抬起头，望一眼白云生处，给心一块空阔的、可以自由驰骋的天地。

至于现代诗，我最爱读的是郑愁予的《错误》。《错误》是诗歌中的微型江南，是每个被唐诗宋词滋润过的人昨夜的梦。在这个梦里，有温润的书生骑着马儿，嗒嗒走过江南的青石板小巷。突然，头顶的木窗"吱呀"一声打开了，一个女孩的脸探出来。此时，双目相对，整个世界远去，只有两颗心在交流。可是，最终，书生得走了，离开小巷，离开青花瓷一样的江南，因为他"不是归人，是过客"。

戴望舒的《小巷》，也有同样的意境：窄仄的巷子，迷蒙的细雨，一个书生，一个女孩，互相对视，发出一声渺远的叹息，装点了江南的山水楼台，美化了汉语言文字。

这样的书生、这样的女子，是古诗词沁润出来的。可惜，现在人不读古诗词了。诗词里的典雅、诗词里的温柔，已渐行渐远，成为远去的风景。只有在诗词中，我们才能感知那个时代的水木清华。

过去，我曾在一个江南般秀美的小镇教书，这样的意境常常看见。那时，无事的时候，我会沿着石子小巷走着，两边围墙上不时冒出一丛绿藤，或几朵花儿。围墙那边传来女孩清凌凌的笑声，很好听。可是，这笑声不一会儿就停止了，空空的小巷里只有燕子来去，让人产生一种淡淡的忧伤。

离开小镇，这种感觉如梦般再难寻觅。

既然如此，为什么不拿一本薄薄的诗歌，在晴日的午后，或者雨中的夜晚，一个人独坐着，看上一页或者几首呢？看上几首，心中，就有露珠零落，就有春雨丝丝缕缕地下。这时，一颗心就空明了，就洁净了，就如雨洗过一样纤尘不染。

诗歌，就是春雨。

心，就是一朵莲花。

经过细雨滋润的莲花才会如明珠，如星星，才会含苞欲放，花蕊沁香。

二

鸡鸣，是心灵的一道特有的风景，可惜，城里人无法领略，也无福消受。

在山里行走，山重水复，山环水绕，无路可去。正在着急时，忽听一声鸡鸣从树林中悠扬响起，一颗心顿时平静了，焦虑的情绪也平复了。因为，有鸡鸣，前面就一定有人家，正如古人所言："人家在何处？云外一声鸡。"果然，我走了一会儿，就听见人语，听见狗吠，还有一缕缕炊烟扶摇直上。

听山村鸡鸣，人会静心净虑，一身轻松。

山村鸡鸣，是一种悠闲的意境。"雨里鸡鸣一两家"就是一种世外桃源：细雨迷蒙，桃红梨白中罩着几户人家，还有隐约的鸡鸣，还有几个女孩，互相呼唤着，挑花绣朵，叽叽嘎嘎，一片温馨。

在这样的地方待上一天，会让人感到一身轻松、一身舒畅。

山村鸡鸣，让人感到亲切。鸡鸣的地方，会有微笑，会有木门，会有挂着的辣椒、堆着的玉米。走过去，随意坐在一家的门前，找一杯茶，清一下汗。有时，也可和山里人聊聊，谈谈家常，说说桑麻，这比"因过竹院逢僧话，又得浮生半日闲"来得更为直接，更为实在。

山村鸡鸣，更是一种淳朴的古风。这儿的人，整天乐呵呵的，心里没有弯弯绕，不会藏着掖着，不会明争暗斗。一壶浊酒，喝到夕阳西斜；

一个故事，几个人会争论半天。十五张灯，清明扫墓，端阳插艾，一个个小日子，过得滋味无穷，一片蓬勃。

而我们，整天翻着日历，却把一个个小日子过得干黄枯瘪，失去水分。

鸡鸣的地方，永远那么让人愿意亲近。

因为，鸡鸣的地方就是乡村，就有古风，就有土土的乡音，就有淳朴的问候，就有一种让人为之心颤、为之泪流的思念。"何事吟余忽惆怅，村桥原树似吾乡。"因为，它就是我们的故乡、我们的根。

因为鸡鸣，我们想起故乡。

因为鸡鸣，我们想起山村的原野、麦田、瓦屋、河岸和牛羊。

因为鸡鸣，我们想起故乡的人，想起我们的父母、亲人、邻居，甚至和我们有小小过节的人。

因为鸡鸣，我们的泪总是会在思念中流下，不经意地打湿我们的衣服。

城市人养鸟，从不养鸡。

因而，鸡鸣，成为乡村一道独特的风景，成为我们走在城市边缘的一丝寄托。

三

倾听鸟鸣，能让心更清，更净，更舒展。所以，春天来了，为什么不去田野，不去阡陌，不去古塬，不去山尖?

去听听鸟鸣。鸟的鸣叫，总是那么清亮，那么圆润。

它在烟雾中叫着，在晴日里叫着，在树丛中叫着，甚至在细雨中叫着。那声音，珍珠一样圆润，每一声落下，都滚动着，融入耳中，润入心中。一颗长久寂寞的心，刹那间，好像浸泡开来，变得湿润，变得富有弹性。

故乡的山野，到了春天，鸟儿的鸣叫就繁密起来。

当然，麻雀这时欢快多了。它们的叫声，永远那么细碎，那么繁密，叽叽喳喳的，让冬天不太冷寂，同样，也给春天增添了一分热闹。

麻雀还有一个特点，爱悄悄窥人。一早起来，它们就站在檐下横梁上，你刷牙，或者吃饭，它们就侧着头，小小的豆眼骨碌碌转着，不时这个"叽"一声，那个"叽"一声，好像在讨论着谁的吃相文雅，谁的吃相粗鲁。

总之，麻雀没出过远门，是种少见多怪的鸟儿。

还有一种鸟，就是雉鸡，在坡上叫着，叫声也很好听的。诗云："雉雊麦苗秀，蚕眠桑叶稀。"可见，天气一暖，土地转绿，雉鸡就出现了。只是，它们冬天哪儿去了？很少有人看见。它们很胖，飞得不是太高，不会像燕子一样，能"搬家"。

野鸡的叫声是"柯——哆——啰"或"咯——克——咯"，短促、沉厚，给人一种沉稳之感，有点山里喊号子的样子。

还有一种鸟，就是燕子了。燕子来时，已是晚春。

燕子可是山村人最喜欢的鸟儿。

首先，不像麻雀，燕子是客，给人一年一新的新鲜感。

其次，燕子有诗人的气质，穿着燕尾服，在柳丝中，在桃花、杏花中，一会儿掠到这边，一会儿又掠到那边，在嫩蓝的天空下，搅动着一团活气。

没有燕子，春天是相当寂寞的，山里的人也是相当寂寞的。

"燕子归来寻旧垒。""无可奈何花落去，似曾相识燕归来。"这些诗词里，都显现了燕子在人们心目中的地位。

燕子的叫声清脆、流利，"叽——叽——"如水珠滴在玻璃上，如露滴落在树叶上，很轻、很柔、很醉人。

故乡的春天，还有一种鸟，花羽黄嘴，拳头大，叫声是"叽哩叽哩——叽哩——叽哩——"。可惜，我不知道名字，问别人，不同的人有不同说法。究竟何名，至今不知。

只不过，它一叫，谷雨就来了。

谷雨来了，山草就全绿了。

有时，我甚至猜想，鸟鸣就是春天的种子——一颗颗落下，落在山上，长出草；落在田里，长出禾苗；落在心上，心就盛开了，开成一朵莲花。

南渡文人的脊梁

一

词，对宋人来说，是一种消遣，一种休闲小品。一般说来，雕红刻翠，柔媚低迷，酒馔筵席，曼歌轻吹，最是相宜。

"自作新词韵最娇，小红低唱我吹箫。"写尽词的风流蕴藉。

"舞低杨柳楼心月，歌尽桃花扇底风。"描摹着词的柔媚。

"无可奈何花落去，似曾相识燕归来。"写的则是词的清愁。

词，多了几分红粉胭脂味，少了几许金戈铁马气。苏轼曾登高一呼，放声歌唱："大江东去，浪淘尽千古风流人物。"铜板铁琶，给词带来了一场三月的风。苏轼之后，放眼词坛，红牙拍板，二八女郎唱"杨柳岸晓风残月"者，仍不乏其人。

尤其到了南宋，青花瓷一般的江南，山温水软，青山隐隐，秋水迢迢，士人们流连酒场，醉生梦死，婉约词又成大观。而辛弃疾和陆游的豪放词，则被淹没在一片轻歌曼舞声中，只是泛起几朵浪花。

有一个词人，则在豪放婉约之外独树一帜，以婉约之韵，抒豪放之情。他写的每一首词都妙绝一时，披之弦管，布诸人口。

词，在他手中成为抒情之物，犹如壮士击节高歌，犹如士卒夜里吹奏芦管，酸楚中有刚性，忧伤里带骨气。

词，成了他吹响的号角，虽不响亮，却不乏一种积极向上的感慨，如铁笛一首《梅花三弄》，人人听了泪下沾襟，却振奋不已。

这人，就是向子諲。

二

向子諲，字伯恭，临江人。临江文化昌盛，翰墨留香，自古以来不乏文人墨客。唐代王勃游临此地，挥笔写下"物华天宝，龙光射牛斗之墟；人杰地灵，徐孺下陈蕃之榻"，对此文化荟萃之处，大加赞赏。一代文宗韩愈来此后，更是赞不绝口："莫以宜春远，江山多胜游。"

出生在这儿，得遇山水滋润，不离文章熏陶，向子諲应当是个文人。

翻开《宋词选》，可看出他也确实是一个地地道道的文人。

他长于写词，不大写，一旦有情抒发，随笔写来，即为妙章。在宋词中，他的词不多，却独具特色，如浔阳江头的琵琶女，临场一曲，天然妙趣，不加修饰，而自有让人眩目倾心之美。他词里的内容和杜甫《江南逢李龟年》如出一辙，干净、自然之中有故园之思，有往事不堪回首的悲哀，有盛世不再的忧伤，更有收复失地、统一山河的呼唤。

"江南江北雪漫漫，遥知易水寒。同云深处望三关，断肠山又山。天可老，海能翻，消除此恨难。频闻遣使问平安，几时銮辂还。"

这是一首南渡之词，更是一篇渴望收复失地的词。

南渡之后，随着南宋立国，半壁成形，一般的士大夫都沉醉于残山剩水中，骨软筋酥，早已忘却国耻，忘记中原。当然，也有一部分不甘屈服的文人仍挥笔高歌，如辛弃疾、陆游，他们的词如鼓、如号角，壮志慷慨，可词风在婉转上却稍微欠缺。也就是在这时候，向子諲站出来，清唱一曲，天然率真，如兰生空谷，泉流石上，如三月佳人独倚修竹，将情的悲壮与词的婉转合二为一，使艺术的美和感情的真挚水乳交融。

从此，江南山水，又多了一分清唱之美，如柳永之词，广传市井；如李清照之词，清雅一新。

他的《秦楼月》亦是如此："芳菲歇，故园目断伤心切。伤心切，无边烟水，无穷山色。可堪更近乾龙节，眼中泪尽空啼血。空啼血，子规声外，晓风残月。"

读此词，在珠圆玉润之中，一颗爱国之心如一朵水莲花，挺立在碧波间，让人在伤心之余感到清香一缕，缭绕鼻尖，久久不散。

三

向子諲是南宋初渡文化的脊梁，也是南宋初渡文人的楷模。

他生于弃疾和陆游之前，早年做官，一身正气，走向官场，走向那个落日飘摇的王朝。此时，盛世远去，风光不再，北宋已如原上夕照，虽艳丽辉煌，可已接近黄昏。整个官场浑浊腐败，乌烟瘴气，与每一个王朝覆灭之前所呈现的状况毫无二致。

可是，向子諲是个意外，或者说，他就是那个时代的一个异数。

他出现在史书上，首先就是和上司顶牛，结果被停职了。

当时，他任开封府咸平县知县。县里有一个地痞，名叫席势，游手好闲，专干一些和法律相抵触的事，以此显示自己的身份，彰显自己的能耐。向县令知道后，马上带了一群差役，将这小子捆了，审讯得实，连文件带囚犯一块儿送交开封府，请求判决。当时的开封府尹叫盛章，他一贯吹嘘在自己的治理下，开封一带一片宁和，自己简直就是"包拯第二"了。包拯是开封府尹,得了一个"包青天"的称号,自己嘛,就做一个"盛青天"吧。

可是,法螺吹罢,向县令就把囚犯押来了,盛章气得直骂娘,命令把人放了。向子谨一听火了,马上上奏皇帝,把这事给捅了出来。皇上这次倒不糊涂,下旨让向子谨按自己审理的方法处理。结果,地痞被惩罚了,向子谨也捅了篓子。

官场最忌越级办事,更何况是向自己龌龊上司的软肋插刀。

盛章气得把牙咬得咯咯作响,不久,就找了一个借口,狠狠上奏了他一本,给这个官场愤青一双"三寸金莲"穿,"劾以他事勒停"。

向子谨第一次为自己的正直付出了代价,穿着青袍,骑着蹇驴,回到老家宜春为民,种瓜、锄豆、填词。

当然,这段时间很短,不久他又上任了——毕竟,他是一个很称职的官。

这次当官后,他叫板的对象,竟然是风流天子宋徽宗。

当时,徽宗大兴"花石纲",让内侍出宫,沿途探查河道,"淮南仍岁旱,漕不通,有欲浚河与江、淮平者"。无人敢批评这种荒唐的做法。那时,向子谨在江淮发运司主管文字工作。搞"秘书"工作的他走出来严肃地告诉内侍们"不可以"。理由很简单:"自江至淮数百里,河高江、淮数丈,而欲浚之使平,决不可。"说完这些,他大概感觉还不过瘾,就把批评的矛头直指皇帝,说他为了运花石纲,供奉往来,舟车劳顿,实在过分。内侍们张口结舌,不敢回答。所有的同僚都战战兢兢,冷汗直流。

结果,皇帝少有地接受了批评,给这位敢于顶牛的向大人升官一级。

皇帝虽然轻轻揭过这页,内心却以盛章为榜样。不久,他抓住向子谨的一点过错降了他的职,终于狠狠地出了一口心里的恶气。

四

向子諲擅于填词，却不擅于做官。宜春山水灵秀，人杰地灵，布衣一袭徘徊其间，一定是十分安逸的，也一定是十分舒心的。可是，他没有这么做，他是一个文人。地位虽低，却不忘国忧，自古以来就是文化人的特性，尤其是他这样的文化人的特性。他不可能，也不会因为个人的不佳遭际就甩袖而去；也不会因为受到打击而挂印离职而去。

他知道，这个国家需要他，这个时代也需要他。

不久，金人战鼓如雷，烽烟遮天，一路攻城略地，铁蹄南下，汴京城破，徽宗被俘，被一路押向北方。

一个傀儡皇帝粉墨登场，这就是张邦昌。

此时，向子諲为京畿转运副使，手中有军队，有武装。张邦昌心中一亮，希望将之收归麾下，以为己用。于是，张派人拿着书信，去问候他的家人，告诉他们，不用担心，张元首很重视向大人，很关心他的家人。向子諲知道了消息，嘿嘿笑了，将事情经过马上汇报给宋高宗。张邦昌还傻乎乎的，以为向子諲没反对自己这样做，就是归顺了，忙派自己的外甥刘达拿着自己的亲笔信送交向子諲，讨好扯近乎。这次，向子諲不客气了，大吼一声"抓起来"。一群士兵冲上去把这位刘特使抓了起来，交给了未来元首宋高宗。

在那个乱世，忠于宋高宗，其实就是忠于故国的体现，也是一种爱国精神的体现。

向子諲爱国，几乎达到一种痴绝的地步。

南宋立国后，在对付曹成时，由于决策失误，他曾被停职。这时，有人对当权者秦桧道："子諲忠节，可以扶持三纲。"为了往自己脸上贴金，以示知人善用，秦桧马上上奏皇帝，让向子諲任广州知州。对一个文人而言，士为知己者死，自古皆然。秦桧算得上向子諲的知己。可是，对于秦桧的投降行径，向子諲却极为痛恨，谈之拍案。

南宋向金求和，议和的金使将入境，向子諲拒绝见面，对皇帝上奏："自古人主屈己和戎，未闻甚于此时，宜却勿受。"言辞直指秦桧，毫不客气。秦桧闻之恼羞成怒，终于撕下知人善用的假面具，勒令其退休。

以后，他再未出仕，与词为伍，与山水为伍，走完一生。

五.

向子諲不同于南宋的其他词人，即使是豪放派词人也与其不同。南宋的词人中，谈收复、谈北上的，大多流于纸上谈兵。他们坐在书房里，激于一腔忠义，笔发纸端，慷慨激昂，而真正走上战场的，向子諲是第一人。

后来，还有一个辛弃疾。

南宋一百五十多年里，唯此二人。

他曾两次走上战场，脱去长袍换上铠甲，丢掉毛锥提起长剑。两次，都将自己一介文人的铁血本色表露无遗。

第一次是在潭州，他担任知州。当时的金军铁骑南来，无人能敌，无军不溃，宋军成了典型的"豆腐渣"军队，丢弃城池，抛弃刀枪，做了缩头乌龟。甚至连高宗也跑到海上，过起了漂泊生活。金人铁甲如山，来到潭州城下，听说守城的长官是一个写词的书生，大喜，勒令其投降。

向子諲面对金军，冷冷一笑，喝令射箭。

城上一时箭如雨下，金人纷纷坠马。金人急了，长梯冲车，滚滚而来，可是尸叠如山，愣是无法攻下这座城池。

八日，整整用了八日，金人才冲进城中。向子諲没有退缩，挥兵巷战，最终率兵杀开一条血路，冲了出去。这一仗，让金人遗尸数千。金人天下无敌的神话被击破，南宋军民的惧敌症也一扫而空，以至于诗人陈与义得知后，挥笔写下"稍喜长沙向延阁，疲兵敢犯犬羊锋"，欣喜之情，溢于言表。

一个书生用一双填词的手，在危难时撑起了一片希望，撑起了一片天空。

第二次是和巨寇曹成对垒，更具传奇色彩。曹成当时占据攸县。向子諲带兵挡住其出路，号角连天，旗帜招展，将曹成吓得够呛，躲在城中不敢出来，时间长达一百多天。当时，各地麦忙，抢收在即，等到百姓抢割一空，曹成才知道自己上了当，于是，长剑一指，带兵冲锋，向子諲的军队成军不久，不是对手，溃不成军。向子諲一见急了，顾不得自己的安危，竟然以身犯险，"单骑入贼中，谕以国家威灵"。曹成一见恨得牙根子痒痒，心想，你个书呆子，把我诓得不轻。随后一声大喝，将他抓了起来。

后来，曹成接受招安，向子諲才被释放。

六

向子諲被秦桧罢职时，才五十三岁，正是盛年。当时，南北仍在对峙，烽火仍未停止，可是他却无奈地归老林泉，与白云为伍，与山花相亲。

可是，他的心须臾没有忘记北方的土地，没有忘记收复故国的愿望。

他的词，仍是那块土地的绝唱，仍是那个时代的绝唱。

他写了《水龙吟》，回顾故国风情，北方物华，"龙如骏马，车如流水，软红成雾"，一派繁荣热闹，让人眷恋不已。

他在《减字木兰花》中，描写了"斜红叠翠，何许花神来献瑞"的春光，表现出浓浓的思念故园之情。

他在《洞仙歌》中遥望故国那轮月亮，希望"烦玉斧、运风重整。教夜夜、人世十分圆"。有人说这是咏月，其实，他是希望金瓯无缺，北宋复国。

晚年，他自号"艻林居士"，这个号陪了他整整十五年。十五年中，北望故国，他的心曾受到几许煎熬，他的几度起伏谁人能知？

终于，他在绝望中闭上了眼睛。南宋初年那一根文化的脊梁也终于折断。可是，那种精神却是永远也无法折断的，它缭绕在山水间，滋润着历史，滋润着一颗颗后来人的心。

走过四季

一

细雨一过，茶芽就冒了出来。

有个词，叫"茶芽如蚁"。才冒出的茶芽，真的如蚂蚁，很小，只有米粒大，在茶枝上一躲一闪的，好像还眨着眼睛，很调皮。

尤其是在早晨，背着手，缓缓走到茶园边，你会发现，每一粒茶芽在阳光下，在薄薄的雾中，都泛出一丝丝的光彩。原来，每一粒茶芽上都挂着一颗露珠。那些露珠，小到极点，圆到极点，也润到了极点，个个都做出珍珠的样子，发出碎钻的色彩。茶芽的绿色，透过露珠，仍然绿得清新、绿得醒目，绿得让人叹为观止。

农村有句话："一棵草，就有一颗露珠。"其实，一粒茶芽，就是一颗露珠。

这些茶芽，在露珠的润泽下，青嫩、洁净，如一个个刚出生的婴儿，浑身上下透出一种生命的清鲜、一种生命的美好。

茶林里，每一粒嫩芽都发出微微的茶香，浮荡在空气中，缭绕在周身，甚至沁到人的灵魂深处。

茶芽很小，很稚气。

俯身其中，你仿佛能听到它们细碎的呢喃声，很纯净，很青嫩。但是，你必须用心去听，用灵魂去听。这种声音是那么弱，那么细，可又那么活泼。

茶芽不是青绿，而是嫩绿，白中透绿。茶芽的周身裹着一层白毛，被露珠罩着，就如婴儿被母亲爱抚着一样。

难道，露珠就是茶芽的母亲？露珠滋润着它，抚慰着它。

一夜不见，茶枝上的茶芽更密了，一个挨着一个，一粒挨着一粒。昨夜，它们一定还躲在茶枝里，一定还在睡觉，一定还眯着眼，发出轻微的鼾声。天一亮，露珠就开始喊了，像我们的母亲喊小时候的我们一样："小懒虫，起床了！"于是，一粒粒茶芽，也像小时候的我们一样，揉揉眼睛，伸个懒腰，钻了出来。

接着，它们一定会喊："哇，外面真亮啊！"

它们一定会喊："呵，花儿都开了！"

它们一定也会尖着嗓门儿喊："来，我们比赛，看谁长得快！"

于是，它们长长了，变绿了，在阳光下，显得光洁、修长。

阳光暖暖的，歌儿一样美。

山歌柔柔的，阳光一样温馨。

一山的茶芽，生长在春天里，生长在阳光下，生长在采茶女修长的手指上，婴儿一样美。

二

夏雨和春雨不同，春雨是少女，羞羞答答，欲说还休。夏雨则是一个少妇，另有一番韵味。她丰满、圆盈、健康，和春雨相比，她多了一分泼辣、一分直爽、一分急切。

夏雨是一个热心肠的少妇。

她不含羞作态，来也匆匆，去也匆匆，刚才还是一片晴空，一会儿扯来一片云，还未等你戴上斗笠，或者跑回家，"噼噼啪啪"，一串串白亮亮的雨点落下来，把你淋成了落汤鸡。然后，恰到好处地，她停了。太阳又出来了，照得一片洁净。

你说她恶作剧也好，你说她开玩笑也好，反正，你不会厌恶她，因为，那凉爽的风习习而来，会让你感到一身清凉，好不舒坦。

当然，她也会生气，而且脾气挺大：电闪雷鸣，大雨倾盆，一时间，天地之间一片迷蒙。在这一刻，一切都在战栗。树，耷拉下头；草，弯下了腰；狗，夹着尾巴跑回了窝；鸡，一身精湿地踞在檐下。只有一些顽皮的孩子，站在檐边，把一只脚伸在檐外，接着雨水，接出一串串顽皮的笑声。

气也有生完的时候。

这时，天边还有隐隐的雷声，可雨却停了，云渐渐散开，大概有点为自己刚才的失态不好意思吧。西边，蓝得见底的天上抹上了一层胭脂。而且，天空还悬垂着一弯彩虹。刚才还躲在屋里的人都跑出来，指指点点，尤其是那些小孩，又跳又叫，一声声喊："爸，爸，那是啥？"

"是彩虹。"大人说。

"不，是桥，能从天的这一边走到那一边。"孩子说，然后盯着天空，盯出一个童年的梦。虹消失了，孩子们又忙开了，呼喝着，蹦跳着。院子的水塘这时成了他们的战场。他们打起了水仗，稍不注意，"哧溜"一声，跌在地上，成了一个泥猴。大人们在旁边看着，笑着，绝不呵责他们：谁还没有个童年？谁在童年里没在夏日的雨后疯玩过？

夏日雨后的田野，尤其碧翠得醉眼。

荷塘中的荷叶干干净净的，里面有一窝白水，亮亮的，像珍珠一样。

风一吹，珍珠变成碎玉，落进塘中，发出一串清响，吓得几只青蛙停了叫声，一跃，上了岸，还有的蹲在荷叶上，鼓着腮帮子，"咯哇咯哇"地叫着，好不快活。

地里的瓜果的叶子，山上的树叶都张开身子，在傍晚的风中呼吸着，招展着，呐喊着，喊出一片生命的快乐。

晚上，坐在庭院里，听着田野里"咯吧咯吧"的一片声响，母亲说，这是玉米拔节的声音，夏雨有肥呢，不信，明天你看，玉米会蹿得老高老高。

母亲说得不错。真的，第二天到地里去看，一棵棵玉米比昨天高了许多。原来，即使生气，夏雨也带着无限的爱意。

夏雨如妹，如一位急性子的少妇，如初为人母的少妇。即使生气，也带着爱意，别有一种韵味。

三

秋日正好，出去走走吧，此时阳光明媚。

但是，别在细雨中出行。

秋日的雨，给人一种西子捧心的感觉，有些纤弱，有些缠绵，有些婉约。心情好时，走在细雨中，看"雨中黄叶树"，一片片叶儿落下，带着雨意，带着秋烟的寒意，犹若一声声微微的叹息，尚且伤心难过，何况心情郁闷时？

细雾迷蒙的天，也不适宜于出门。

秋天的雾，总是有点多愁善感，有点惆怅无涯，一会儿变成纱状，一会儿又浮荡如梦，可无论如何变化，总脱不了一个愁字，就如林黛玉，笑也好，哭也罢，或者不笑不哭吟诗的时候，浑身也脱不了一种凄凉的意味。

秋天有一丝凄凉、一丝冷落。

别说冷雨，别说雾中远山，就是那青嫩的浮萍，在秋日的池塘中也仿佛打着寒战，有着几分冷瑟。更何况，还有枯草发出瑟瑟的干枯声；还有一两只鸟儿，落下几声孤零零的鸣叫。

秋日的田野里静悄悄的。

寂静是能透骨袭髓的，是能深入魂灵的。这时，一颗游子的心，是最容易受到感染的。所以，我不敢想象，不敢想象客地之人，一身薄衫，形单影只站在凄风冷雨中，有一种怎样的孤独，怎样的落寞。

然而，今天真的很好。

今天，云终于开了，终于彻底散了。雨后的天，干净得很，是一片蛋青色，是一种净净的蓝。可是在这种蓝中，却泛着一尘不染的白光。这白光照着天地，照着万物。这时，连天地也一尘不染，连树叶、房屋，甚至小山都泛着淡淡的光。这种光，是一种温馨的光，一种慈爱的光，一种母性的光。

在这样的天气，出去走走吧，别一个人独坐在书房里，枯坐如木。

散步也是散心啊。

在这样洁净的光中，把所有的烦恼扔掉，把所有的名利得失都扔掉，所有的过往也都别放在心上。一个人走出去，走下高楼，走入秋日的荒野，不带丝毫杂念，慢慢地走，随意地走，什么也别想。

远处的山在晴日下是显得清瘦了一点儿，但是，几日的雨却让它秀气了，细肩纤腰的，有一种深到骨子里的美，一种浸透了古诗词韵致的美。更何况，山上还有灼灼红叶和青松翠柏的点染。红叶林中，有一座亭子，如一只白鹤，做出展翅欲飞状。几个女孩，一边看着红叶，一边惊叫着。大红的衣衫，映衬着红黄色的树叶，另有一种美。

再远处的山只有微微一痕，却清晰可鉴。

远山近水间是一片嫩绿，如一块绿色的丝绸，光光滑滑的，在秋光中嫩得醉眼，嫩得清新。那是一块块麦田。

人家的房屋是洁净的，炊烟是直直的一缕两缕。

阳光，如被过滤过一样干净，一束束洒下，把一切都笼在其中，包括来往的行人，包括山、树、房屋，包括长空中掠过的鸟儿，还有鸟儿的鸣叫声。当然，也包括荒野上的你。

在这样的光下，你的心一定会缓缓展开，洁白如荷，清淡如菊。

天，终于放晴了，阳光亮亮的，流荡在窗玻璃上。此时，秋日正好，原野清静，最适于散心。远在异地的你，别在房内枯坐，还是出去走走吧。

外面，一片洁白。

四

冬日的天空很净，透过窗户望出去，蓝得无一星瑕疵，也无一丝云纱。阳光很好，透过玻璃窗，浮荡而入。

我用"浮荡"二字，是说，此时阳光如水，我成了水里的一叶浮萍。思想随着阳光荡漾，没有边际。

最近几日很累，累得人灵魂出窍。

首先，是妻子生病，黄瘦得如一茎萱草。我们一块儿到西安各大医院挂门诊，问情况，看脸色，心情十分焦急。接着，母亲生日来临，我又得赶回老家。刚回家，有一个编辑又约我写篇中篇小说。

不过，此时很好，我终于可以坐在窗下，独享这一片阳光。

妻子病好了，在灶房里炒菜，嘴里哼着歌，不知把什么倒入油锅，响起"咝啦咝啦"的声音。母亲生日过完了，身体很健康。那篇中篇小说也交了稿，编辑说很满意。

阳光如我的心情一样舒缓地流淌进来，很亮，但绝不刺眼。因为是冬日，它就显得有点羞涩，如一个多情的女孩，含蓄细腻，能让你体会到她的温馨与温柔。但是，这种美，须得用心体会。

在冬日的中午，泡一杯茶，独坐在窗下，任一片洁净的阳光抚摸，是一种幸福。

外面，没有一丝风，阳光泛不起一丝涟漪。但我仍能感觉到阳光如水，一波波涌进来，带着温馨，带着羞涩，带着幸福。

我慢慢闭上眼睛，任思绪流走。此时，我真希望自己就是一叶浮萍，阳光是一泓清水，我就浮荡在洁净的水波中，尽情地漫游，无拘无束地飘荡。

谁说浮萍是最渺小的生命？能够自由地生活，能够无拘无束地张扬自己绿色的生命，这才是最伟大的生命啊。

一直都羡慕浮萍，既有叶的绿，又能游走四方。在春天是绿的，到了冬天依然碧绿如染——能一直这样，是因为它有一颗自由闲散的心。

玻璃上，响起"叮叮"声，我睁开眼，是一只小虫在向外面飞，被玻璃挡住了。这是一种小小的虫，微绿，半透明，翅膀扇起如一团薄雾。阳光透过玻璃，照着这个小生命，这会儿，它不知要赶向哪儿，竟一点儿也没功夫享受这片阳光。

小小蝼蚁，何事奔忙？

我拉开玻璃，它飞走了，扇着一翅阳光，是去约会吗？还是去参加什么聚会，或者是去上班？浮生一律，各有各的生命，各有各不能理解的生命旅程。我为小虫的奔忙感到好笑，或许，小虫还为我的悠闲而诧异呢。

我看小虫是一粒微尘，其实，在宇宙中，我们每一个人不也是一粒微尘吗？

我们不也像小虫一样吗？日日奔忙着，跑来跑去，疲于奔命，为亲人，为朋友，也为了自己，几乎一刻不停。仿佛只有这样，我们才能向世界证明我们生命的意义，证明我们是活着的。

生命就在于运动。

但是，我总想，有时，我们也应当歇息一下，放下手中的工作，如我这般，一杯茶，一把躺椅，坐在窗户下，让如水一样的冬日阳光抚遍自己的身体，抚遍自己身体的每一个毛孔，也抚遍自己的灵魂。

此时，在阳光下，我只愿做一叶浮萍，决不愿做一只忙碌的小虫。

能劳动，说明我们有价值。能在冬日里享受一片洁净的阳光，说明我们是有血有肉的生命，而不是机器。人与机器的区别，也就在于此。

感谢这片洁净的阳光，它让我懂得了，我是一个人。

挥别不了的西栅

一

西栅的水很薄很薄，薄得如昨夜的梦。梦里，总有一丝撩不去的羞涩，总有一缕淡淡的波纹，隐隐约约地遮着水面，遮着西栅水洁白纯净的心思。

西栅的水很柔，柔得仿佛承载不了一点儿重量。船儿在水面划过，只有轻微的桨声："哗啦——哗啦——"一径走向迷蒙中去了。

豆绿色的水，如豆绿色的丝绸，遮挡着西栅水的明亮。西栅水的深邃，就如新疆美女的脸上罩了一层细白的纱一样，让人明明知道很美，可又说不出美在何处，总想伸手掀开那白纱，一睹绝世容颜，可又不敢。

游乌镇，尤其乘一只乌篷船，划行在西栅的水面上时，就有这种忐忑的心情。

西栅的水，能撩人心神。

西栅的水，能牵系人的一缕念想。

这糅杂着豆绿色的水光，如果是美女的眼眸，一眨之下，可以倾城；

再眨之下，一定会倾国吧。

做动物，就应做一尾鱼，做西栅水中的鱼，悄悄地鼓起鳍，摆着尾游荡在西栅的水里，逗起几朵水花，鼓起几个水泡。

做植物，就做一茎青嫩的水草吧，在西栅的水里舒展着身姿，轻轻飘摇着，一直飘摇到天荒地老。

即使做一个无生命的东西，我也愿做一只乌篷船，在乌镇西栅的水面上，一桨一桨，一直划向雾里，划向两岸木楼林立的河道深处。

更何况，水上有歌声，有一弯一弯的桥，水边有水车，有青葱的树。更何况，还有西栅的水和我相偎相依。

二

水的两边是木楼。

乌镇西栅的木楼，下半部分都立在水里，大多如吊脚楼一般。水面以上的部分，则高低错落，做依偎状，做倚肩搭背状，如一群观水的女子，生怕一不小心跌到水中一般，"哎呀"一声，拥在一起。坐在乌篷船上，行走在乌镇西栅的水上，两边的木楼总会让你想起"无端隔水抛莲子，遥被人知半日羞"的采莲女，想起"帘卷西风，人比黄花瘦"的闺秀。

西栅的木楼，有一种温柔美、一种蕴藉美。它们，就如一个个从采莲曲里走出的女孩。

其他水乡小镇我也去过很多，大多是粉墙黛瓦，崭新如洗；朱窗绿漆，色彩鲜艳：一如现代的风尘女子，短裙皮鞋，霓虹灯影里描眉点唇，眼波飞动，唇色如血。

西栅则完全相反。

西栅的木楼，一任天然，如二十四桥学吹箫的女子，毫不矫情，毫不做作。

西栅的木楼婉约、简练，如西湖边断桥上走在三月细雨里的白娘子，情态柔弱，水袖飞扬。

西栅的木楼，是长箫中吹出的乐音，是黄梅戏中咿呀的唱词，是阿炳二胡奏出的《二泉映月》，是宋人的小词、唐人的绝句。

虽然它的年代久了，可是，正因为古才给人一种"灞桥折柳"的古韵美，才给人一种"旧时王谢堂前燕，飞入寻常百姓家"的怀古情。

三

乌篷船，在西栅的水面上划行着。它把西栅的桥串联起来，组成一本连环画，然后一页页翻过去。

桥，是西栅风景的窗户。一处处景色都躲在窗里，好像女孩在梳妆，在对镜贴花黄，在等着唢呐声响起，然后身着嫁衣款款走出。

坐着乌篷船，划行在水上，你永远也不会知道，前面将出现什么美景，什么诗韵。一个个悬念紧扣着游人的心，也吸引着游人的眼。

一处处桥，就成了一个个画框。

一处处桥，就成了风景掩映的门窗。

通济桥如月，映一派丰满，桥联上曰："寒树烟中，尽乌戍六朝旧地；夕阳帆处，是吴兴几点远山。"读罢，一种山河依旧，物是人非之情不禁漾上心头。仁济桥曲折，弯弯一撇，如一条彩虹划过水上，自有一种风流韵致。两桥靠近，直角相连，桥洞套着桥洞，在水波里荡漾，就是著名的"桥里桥"。读雨桥的木楼秀挺而古朴。如在雨中有这样一间雅致的书屋，深秋之夜，雨声渐沥，握一卷书，静静地阅读，真有一种"雨中黄叶树，灯下白头人"的诗歌意境。

最美的是定升桥，一桥三洞，卧在水面上，桥侧古树高耸，翠叶浓绿。桥那边，舜江楼耸立着，与桥相伴。晚上，华灯溢彩，三个桥洞如三轮圆月，从水面上静静升起。这时，坐着一只船，穿过桥洞，再吹一支箫，正有一种凌风摘月、羽化登仙之感。

桥的这边和那边景致绝不相同，绝不呆板，简单中有变化，典雅而不单调。

桥的这边是垂柳，那边总会有栏杆，有水乡女孩袅着细腰在搭晒衣服。桥这边是一级级台阶沿水升起，直达木楼，有人走下来浣衣，也有人走下来淘米；一过桥洞，那边则是大树成荫，清凉蔽日。

水边的木楼上有木格花窗不时开启，总有白白的脸儿露出，一笑，让乌镇西栅一片水色明媚无比。

"跫音不响，三月的春帷不揭，你的心是小小的窗扉紧掩。"这诗中的女子，该像乌镇吧。那么，我此刻的心里，大概也如《错误》中的"我不是归人，是个过客"一样，揣着一丝失落。

因为，我要离开乌镇，离开西栅了。

四

离开乌镇的西栅，也应该在水上，也应坐一只乌篷船，任乌篷船在水面飘摇，任一缕挥不去的愁绪在心尖缭绕，就如当年离开这儿的一个书生一样。

当年的那个书生，一袭长衫，一支笔，走出乌镇西栅的故居，走下沿水的台阶，不知是在早晨，还是在黄昏。那时乌镇西栅的水，依然是豆绿色的吧？依然是薄薄的，如一夜初醒的梦；或酽酽的，映着落寞的黄昏吧？

他离开时，邻家的女孩也在浣洗衣服吗？

他离开时，白发老母站在楼前嘱咐过他早日归来吗？

他轻轻跳上乌篷船，船儿发出"咚"的一响，然后，船桨"哗——

哗——"地拨动着水流，豆绿色的水面上皱起一丝涟漪。他挥着手，沿着这里的水走了出去，漂泊四方，去武汉，到上海，进北京，最终走成文坛的一座高峰。

离开这儿时，他的心中也如我此刻一样吧——缭绕着一缕拂不去的忧伤。只不过，他是因为离家的乡愁，而我是因为依恋和不舍。

茅盾，是乌镇永远的游子。

这样的游子，乌镇有很多：沈泽民、卢学溥、严独鹤、汤国梨……长长的一串名字，在中国历史的长河中散落着，如昨夜星辰，熠熠生辉。

这些大师离开时，大概也都怀揣着一缕剪不断的忧愁吧？

其实，生在乌镇，长在乌镇或是来过乌镇的人，离开时，哪一个不是怀揣着一缕离愁，坐着乌篷船，悄悄地挥袖离去？无论是游子还是过客；无论是大师还是寻常百姓，概莫能外。

因为，要离开的是乌镇呢，是水墨画一样的古典风景呢，心中能无那一缕鹧鸪也叫不断的愁绪吗？

唐诗最后的山峰

一

大约在公元 906 年，有一个人走了。从此，曾经辉煌一时的大唐诗歌的天空，一片暗淡，夕阳西下，红楼唱晚，弦歌已断，人去楼空。

一个王朝，即将消失在历史的云烟里。

发展了近三百年的唐诗，辉煌之后，徐徐谢幕。

随着这个人的离去，唐诗最后一缕袅袅余音，已"半入江风半入云"，渺茫难寻了。那个群星灿烂的岁月，一群布衣，长袍大袖，走向历史的昨日：李白、杜甫、杜牧……成为一座文化的丰碑。

他也在其中，只不过，他是唐诗最后的山峰，也是最终的结束。

透过千年的历史云烟，回望那个时代还有那群诗人，我们如见晴空鹤舞，如听月夜鹤吟，徘徊赞叹，向往不已。可是，遥望远方，一片漠漠，已是"曲终人不见，江上数峰青"了。

那段辉煌结束的准确的时间应以他的离开来算。

二

是的，他是杜荀鹤。

他出现得太晚了，出生时，约是 846 年，此时，大唐王朝已如堰上如血的残阳，凄婉、哀伤。此时，唐诗的黄金时代已去，"李杜"已成昨日风景；"小李杜"也已经挥挥衣袖，步入暮年，笔尖生涩，风流不再了。

不知是天意怜唐诗，还是乱世需要绝唱；不知是唐诗文脉未绝，还是百姓疾苦有待诗笔书写。一个人在诗歌晚唱中缓缓走来，从陋庵茅屋中悄然走来，从九华山的白云生处无声地走来。

又一次，唐诗奇迹般出现一丝回光返照。

又一次，唐诗在绝境中盛开了一朵莲花。

因为，唐诗中走来了杜荀鹤。

《唐才子传》在谈及这位诗人时，也禁不住感叹："杜荀鹤苦吟，平生所志不遂，晚始成名。"又曰："极事物之情，足丘壑之趣，非易能及者也。"

历史需要诗。

时代需要诗。

诗人走上诗坛，却扇一顾，自然本色如菊花在野，苍松傲霜，千载之后，仍让人倾倒，让人赞叹不已。

三

杜荀鹤来自九华山，自号九华山人。

九华山在江南，池州境内。其峰如剑，其崖如屏，其山如削，其涧如切。这儿山石耸立，层层叠叠，直上云天。一棵棵树从石中生出，弯曲、坚硬，乍一敲树干，竟作铜铁音。五百罗汉寺、甘露殿、百岁宫等建筑或立岩上，或藏于石丛中，或卧于石后。乍见之，人们常是一惊，一叫，一声长叹，然后久久伫立，不肯离开。

在这样的石山堆叠中，流泉飞瀑竟随处可见，它们将山色渲染得一派迷蒙苍润，温文尔雅。不说别的，单九子泉一条水，已极尽变化之能事，姿态万千，时作平铺状，犹如白绸一匹；时作喷泻状，如同万斛碎玉；时作下跌状，如一帆高悬崖际。因此，人行山中，水声时时在耳，或如雷鸣，或如珠落玉盘，或如万马奔腾。

山，少不了水；水，离不了山。山是水的骨，水是山的魂。难怪古人言："一夜风雨过，遍山满飞龙。"李白当年挂帆长江，烟花三月来游此地，多年后流落异地，仍赞不绝口："昔在九江上，遥望九华峰，天河挂绿水，重出九芙蓉。"

九华山，有山的秀峻，有水的柔美，有一种钢筋柔骨随意挺纵的自然美。

这，大概也影响到了"九华山人"杜荀鹤的诗吧。

杜荀鹤之诗，削去浮华，一任天然，如山中女子，不须红牙拍板，不须笙箫伴奏，不须二胡咿呀，登高一唱，妙绝一时，成为晚唐诗歌的最后一抹笑靥，留下清浅一痕。

这，和九华山的自然美是如出一辙的。

四

从九华山走出来的杜荀鹤，那年，一定像其他诗人一样，一袭布衣，沿江而来，水路之后，又走陆路，一直走向他心目中的圣地，也是诗歌的圣地——长安。

可惜，他来晚了。

此时的王朝已奄奄一息。此时，人才取舍已非凭借文章，凭借一支竹管笔，一切，都被宦官和权臣所把持。

一切制度都已形同虚设。

杜荀鹤在科举中成了落榜者，他凄苦、孤单，如一只终夜长吟的鹤。

在长安，他看到了达官贵人的红尘歌舞，看见了豪绅的轻裘肥马，目睹了朝政的朝秦暮楚，也亲身体察了百姓的生死挣扎。

他拿起一支笔，把这些一一落在纸上，化为翰墨，化为控诉。

他以"今来县宰加朱绂，便是生灵血染成"指斥官吏的残暴，再现当时鲜血淋漓的末朝败象；他以"任是深山更深处，也应无计避征徭"直击大唐王朝敲骨吸髓的剥削，倾泻出满腔悲愤。他歌吟蚕妇："年年道我蚕辛苦，底事浑身着苎麻。"他以一个蚕妇的口吻，发出那个时代最强烈的控诉和最震人心魄的呐喊。

在那个时代，他是一柄剑、一支毛锥，直刺向一个时代的软肋。

这种震撼人心的声音，自杜甫之后，再难听见了。此时，杜荀鹤站起来，振臂一呼，使得杜甫的写实诗风重新启程，扬帆远航。

他比杜甫更直接，更不留余地，因为，他所处的时代，比"老杜"时更多了刀光剑影，更多了血泪呻吟，更多了残暴压榨。

"天意君须会，人间要好诗。"杜荀鹤，是为这个时代而生，为这个时代而歌的。在晚唐，他是那个诗坛的独行侠，用一副书生之肩担起文学的最高职责，踽踽独行，走向岁月深处。

五

有人说，杜荀鹤不善诗。这是片面之词，是偏见。说这话的人大多认为，杜荀鹤的诗，尤其是反映现实的诗，不够蕴藉，不够婉曲。

那些坐在书房里品着茶，享受着瓦屋纸窗清雅生活的人喜欢雅致，喜欢蕴藉，喜欢婉约，这是因为他们没有破衣烂衫彷徨在晚唐的刀光剑影、血雨腥风中，他们没有见过那种"关东仍岁无耕稼，人饿倚墙壁间"的惨烈场面。

他们听惯了歌女的浅唱。他们听惯了丝竹管弦的低吟。他们宁静闲适的耳朵，接受不了一个歌者为生民所发之音、所做之吟唱。他们忘了，这，恰恰是诗歌的终极目的，是良心之声。这种声音，从《诗经》到杜甫，再到杜荀鹤，一脉长存，在汉文字的翰墨芬芳中时隐时现。

杜荀鹤的诗，不缺乏良心的呼喊，更不缺乏美——如蓝田玉石，从不曾缺乏氤氲之气；如空谷兰草，从不缺乏清淡的芳香。

翻开杜荀鹤的诗集，优美的句子随处可见，让人读来齿颊生香，心灵空明。

"风暖鸟声碎，日高花影重"细腻优美，和杜甫"泥融飞燕子，沙暖睡鸳鸯"相比，难分轩轾；"古宫闲地少，水港小桥多"更是直逼"小杜"脍炙人口的《江南春绝句》，成为歌咏青花瓷一般的江南的经典名句。至于"夜市桥边火，春风寺外船"，放入盛唐王维的集子中，也毫不逊色。

杜荀鹤的诗，如莲花峰的石，刚硬、朴素。

杜荀鹤的诗，更如九华河的水，一脉流淌，洁白干净，令人耳目一新。

六

九华山，永远是杜荀鹤的梦，是杜荀鹤漂泊江湖的精神慰藉。

在诗人笔下，故乡，总是那么祥和、宁静、美好。"分开野色收新麦，惊断莺声摘嫩桑。"故乡一片幸福，一片清风明月。夜晚，竹影在月光下摇曳，映上粉墙，斑斑驳驳；泉水声隐约作响，沁入夜读者的耳朵。至于雪天，一个人坐在书屋里，准备着茶具，等待着与僧人畅谈。这时，雪花飘飘，九华山千里一白，了无一痕。

"竹门茅屋带村居,数亩生涯自有馀。"诗人写尽了隐居九华山的清闲。

"破窗风翳烛,穿屋月侵床。"九华山的风月在诗人眼中,也含着十分人情、十分人性。

可惜,诗人离开九华山后,再也没有回去,因为,那个乱世需要诗人,需要他的那支笔为民呐喊,为史留言。

只有山中那轮月依然皎洁,依然圆满,年年岁岁,照着诗人生活的地方,照着诗人看过的山水。

无数后人走进九华山,同时也爬上了唐诗的最后一座山峰,在这儿徘徊往复,遥想流逝的岁月,遥想大唐的那位末世诗人。

舌尖上的汪曾祺

一

汪曾祺是个传说，他生活在清风明月中。

我手头有本《汪曾祺选集》，不厚，三百多页。在当今这个书籍动辄砖头厚的时代，这本书真可以叫小册子。

一本小册子，让我反复地读。

我把它放在床头，晴日夜晚，午睡醒来都会看一篇——好文章如美食，不能敞开肚皮吃，否则就是作践美食，也作践自己，我不敢。

三百多页文字如一片月光，汪老在月光里喃喃讲述着，讲述着生活小事，谈论着生活里的美，让人听了心里一片清净、一片空明。

二

这本书的封面上，大半是空白，氤氲着一片山气，下角则用线条淡淡勾勒出市井小巷，还有撑着伞走的人。

封面清新淡雅，和汪老的文风相吻合。

汪老的文字很美，那种美不是山间小溪，也不是千里大川，而是一滴清亮的露珠，映着青嫩的草儿；是一声蝉唱，在柔软的柳条里流泻；是一丝雨线，划过彩虹下的天空。

读这种文字，得如古人般净手、焚香。

读这样的文字，会让人产生和古人一样的慨叹，只觉齿颊留香，难以忘怀。

我读《受戒》，读《大淖记事》，竟有种面对唐诗宋词的感觉，心也在语言的细雨里幻化成一朵莲花，清新优美。

他写独守空房的寂静，用珠子零落的声音衬静："还不时听到一串滴滴答答的声音，那是珠子灯的某一处流苏散了线，珠子落在地上。"空明洁净的语言，不沾灰尘。他写吃的："昆明旧有卖燎鸡杂的，……鸡肠子盘紧如素鸡，买时旋切片。耐嚼，极有味，而价甚廉，为佐茶下酒妙品。"色香味俱全的文字，圆溜溜如同肉丸子。

他的一支笔，能让文字活色生香。

三

别人的语言美是可举例的，汪曾祺的却很难，因为他的语言美是与内容美水乳交融的。因此，其书在手，低头皆美，抬头却张口结舌，无法言说。

汪曾祺文中之人，都是最底层的小人物，可都是清风在怀，明月在心。其中人物，有朴实的，如小锡匠；有纯净的，如情窦初开的小英子；有灵慧的，如小和尚明海。另外，巧云的刚强、秦老吉的淡然、叶三的敦厚都跃然纸上。这些人都有个共同点：儒雅。

这是作者对遗失的美好人性的怀念。

这也是被汉文字沁润过的人对那个古典岁月的怀念。

翻开汪氏文集，有人敲着碟儿，唱着曲子；有人拉着二胡，把岁月的无奈和沧桑化为一缕天光月色；有人提着篮子，走下高高的埠头，把影子投映在水面上。

生活虽然很苦，可他们很淡然，很美好，把日子过成了一种艺术，这对于今天沉溺于物质世界中的我们来说，简直是一声暮鼓、一声晨钟。

汪老的文集中，除小说之外，更多的是散文和小品。在文字中，他营造着一种美，一种优雅美好的生活。

他写得最深入人心的，当是美食小品。

他津津乐道，说自己发明了一种吃食，名曰"塞馅回锅油条"，"嚼之声动十里人"。想想，一个老头儿拿着一截油条，老顽童一般"咔嚓咔嚓"旁若无人地嚼着，真逗人。

在《昆明的菜》中，他写了炒鸡蛋："一颠翻面，两颠出锅，动锅不动铲。趁热上桌，鲜亮喷香，逗人食欲。"他还写了油淋鸡："大块鸡生炸，十二寸的大盘，高高地堆了一盘。蘸花椒盐吃。"他自己看着别人吃，馋得口水淋漓，又写成优美的文字，让读者读了大吞口水。

故乡风物在他的笔下也清白如水，美不胜收。

故乡的珠子灯，在他的文字里泛着淡淡的"如梦如水"的光；石榴大而红，但必须留着，"一直到过年下雪时才剪下"。秦老吉的担子"一头是一个木柜，上面有七八个扁扁的抽屉；一头是安放在木柜里的烧松柴的小缸灶，上面支一口紫铜浅锅。铜锅分两格，一格是骨头汤，一格是下馄饨的清水"。读者看着就觉得清爽，更不用说蹲下来，吃上那么一碗。

他用素雅的文字塑造着素雅的生活，自己活得美，也让读者觉得美。

四

《舌尖上的中国》播出后，有人发帖说，如果汪老还活着，总顾问一职非他莫属。由此可见，汪曾祺清新淡雅的文字已深入人心。

《汪曾祺选集》封面的背页上，有一张他的老年照。老人圆脸，一脸慈祥，是个真正的老头儿（这是大家的敬称），也有一种大厨的富态相。

古人道，"治大国如烹小鲜"，说的就是这样一个理儿，有一颗美好的心，有一双善于发现美的眼睛，做什么不是一样？写文章，写美好的文字，不同样"如烹小鲜"吗？

现在，还有几个人真正这样做了？

老头儿写烹饪，更擅长烹饪。一次，他给作家苏北夫妇做了一道凉拌海蜇皮，上撒蒜花。过了很久，苏北的妻子谈起这盘菜时，仍赞叹说，又脆，又爽口，清淡不腻。

其实，老头儿做得最精美的一道菜，并非他美食小品中所记载的菜肴，而是他的文字。他的文字，读后若问口感如何，不少读者会答曰：脆嫩，爽口，清淡不腻，余味无穷。

现在，这样的菜不多了。可惜！

第六辑

隐居清风明月里

走近岳阳楼

一

相传一千多年前，鲁肃于金戈铁马、号角震天的战争中选了一湖山胜地，剑尖一指，要建一阁军楼。于是，一座名楼诞生了。

这楼就是岳阳楼，中国的岳阳楼，中国文化的岳阳楼。

一座楼，能改变一代读书人的风貌——历史上只有岳阳楼。

一座楼，能成为文人墨客的心灵港湾——历史上也只有岳阳楼。

一座楼，矗立于历史深处，让每个被汉字润泽过的人想到斯楼就热血沸腾。一种"位卑未敢忘忧国"的豪情油然而生，一种"铁肩担道义"的责任沉甸甸压在肩上，一种"舍生而取义"的豪气奔涌在血管里。

岳阳楼，是座文化高楼。

岳阳楼，是座人格高楼。

岳阳楼，也是每个中国文人心中的道德高楼。

二

岳阳楼，是文人心灵的后花园。

千余年来，文人们遭贬谪，郁郁不得志或心灵受到创伤时，就会乘一叶轻舟，片帆如鹤，飘摇而来，登上岳阳楼。借一片山光、一缕水色，涤荡自己的心灵。

"昔闻洞庭水，今上岳阳楼。""诗圣"的话道出了每个文人的心声，也表达了每个文人的渴望。

那一年，"诗仙"来了。他带着沉重心事，带着难以言说的失意，走向洞庭湖边，走上岳阳楼。江水浩渺，一洗愁绪；高楼耸立，上与云齐。他一时心胸豁然，脱口而出："楼观岳阳尽，川迥洞庭开。"面对着青花瓷一样的江南，岳阳楼尽善尽美，洞庭湖一片汪洋，三两白帆，水鸟翩翩，人仿佛身处在透明中，一颗心，也变得透明了。

"诗仙"离开，隐入山水，恍如一朵白云。岳阳楼，仍矗立于洞庭湖边，"朝晖夕阴，气象万千"，阅尽人事，披览沧桑。

不久，一只船从西南边飘荡而来，从诗歌中飘荡而来，从万方多难中飘荡而来。它带来了"诗圣"，带来了一颗向往岳阳楼的心。衰老的诗人登上岳阳楼，看着"吴楚东南坼，乾坤日夜浮"的壮阔景色，清泪直流。岳阳楼在战火硝烟中给诗人一缕心灵的寄托、一丝精神的抚慰。

"诗圣"远去，山水含情。

一个个诗人随后也一如"诗圣"，带着满身疲惫，带着一颗伤痕累累的心，登上高楼，或看"钓艇如萍去复还"，让一颗心飘飘摇摇，随着来往船只驶入白云尽头；或遥望"芙蓉采菱桨"，听着江南的采莲曲，听着江南女子采菱时的笑声飞扬，清凌凌如一片水花儿，打湿自己的心，自己的灵魂；或无言独坐，"卧听君山笛里声"，让自己飘荡无依的灵魂随着一缕笛音，飞上高空，飞向长天，飞回故园。

大家沮丧而来，挥动衣袖，轻松而去。

三

洞庭湖是湖，更是历史涵养的一篇文章。岳阳楼，是楼，更是这篇文章最醒目的标题。而这文章的主旨，人们一直语焉不清。

每一个文人身份不一，机遇不同，因此他们赋予岳阳楼的主旨自是大相迥异。

有人在岳阳楼上，望穿天涯，数尽白帆，轻声叹息："数点征帆天际落，不知谁是五湖舟。"归隐田园、息心山林之念跃然纸上；有人轻裘肥马，荣膺朝命，车马南来，气派堂皇，登上岳阳楼，脱口而出："已极登临目，真开浩荡胸。"得意之情溢于言表；有人日暮登楼，怅然无言，写下："怀沙有恨骚人往，鼓瑟无声帝子闲。"遗憾世无知音，身如飘萍，南北漂泊，形单影只。

几百年的时间，在诗人的歌咏中弹指一挥。

岳阳楼无恙，洞庭湖依旧，它们在等待着，等待着一个人、一支笔，等待着一声浩然长叹、一声洪钟大吕的长吟，震古烁今，辉映山水。

这个人，就是范文正公。

洞庭湖这篇大文章，终于有了主旨，千载不变的主旨。

岳阳楼从而成为一座精神的丰碑，让后来人不是欣赏，而是高山仰止，发自心底地膜拜。

"先天下之忧而忧，后天下之乐而乐。"一个句子，浓缩了一代文人的精神实质；一个句子，成为一个民族的道德写真。

洞庭湖太大、太广阔了，"三江到海风涛壮，万水浮空岛屿轻"，"地吞八百里，云浸两三峰"；岳阳楼太雄壮、太高峻了，"突兀高楼正倚城"，"杰阁出城堭，惊涛日夜春"。这样浑无际涯的水，这样雄壮瑰丽的楼，一般的诗句是难以和它们匹配的；一般的得失是难以在它们面前诉说的。只有一颗怀抱天下的心、一颗忧乐苍生的心才能装得下它们，才能和它们相互辉映、相得益彰。

岳阳楼，因此得以永恒。

中国文化，因此更增色彩。

四

在一个五月，我终于来了，登上岳阳楼，登上李白的岳阳楼，杜甫的岳阳楼，范仲淹的岳阳楼。

晨光中，岳阳楼一片静穆，一如千年之前。

岳阳楼之奇，首先在建筑。

一座名楼，三层、四柱，成为建筑史上一大奇观。拾步登楼，看煌煌四柱，直直挺立，杵地顶天。导游言，岳阳楼是纯木结构，四柱支撑，不用铁钉，没有榫卯，傲然立于湖边，听风听雨，看月看花，千年如斯。

我听后，心中讶然，这座承载着千年中国文化，承载着中国文人理想和追求的楼，竟然以四根柱子支撑，能撑得了吗？

心中继而释然：中国文化，讲究内敛，讲究蕴藉，而不是咄咄逼人，不是剑拔弩张、居高临下。那么，这样的木柱，这样的木楼才和中国文化相吻合，才赢得了中国文人的喜爱。

岳阳楼之奇，二是盔顶式楼顶。

岳阳楼的楼顶形状在中国建筑上，前无古人，后无来者。这种拱而复翘、上凸下凹的形式，再覆以金黄色泽，在蓝天、白云的映衬下，如金盔耀眼、铁帽生辉，显得格外庄重、沉稳、大气、坚定。

两个特点的结合让岳阳楼既如临水而立的书生，又如挑灯看剑的将军；既有翰墨飘香的书卷气，又有沙场点兵的壮士情。它将书生情怀、老将风采合二为一。它仿佛能博带飘扬，置身宫廷，化一代风俗，正一朝风气；又能走入边塞，统领千军，指点江山，高歌"塞下秋来风景异"。

岳阳楼，极似当年的范文正公，风骨耸然，凛然难犯。

千年后，我也登上了此楼。"登斯楼也，则有心旷神怡，宠辱皆忘，把酒临风，其喜洋洋者矣。"盛世登楼，定当如是。

来时是早晨，站在岳阳楼上，放眼望去，太阳从看不到尽头的湖面冉冉升起，圆如车盖，红如胭脂。它把它的光和色泽，一波一波泼洒在湖面上，一圈一圈泛着黑红色。氤氲的薄雾中，有船来往，或撒网，或起鱼。这些，也都变成黑红色，慢慢清晰起来，再清晰起来，如张大千的画一样。

心胸刹那间竟然如湖水一样，起伏荡漾。

五

去一趟岳阳楼吧！

当你飞黄腾达、洋洋自得时，去趟岳阳楼，你会知道自己的责任；当你迷茫失落、焦头烂额时，去趟岳阳楼，你会知道你失去了什么；当你斤斤计较、得失萦心时，去趟岳阳楼，你会心胸开阔，矫健如鹤。

去一趟岳阳楼吧！

你可以在烟花三月乘舟而下；也可以在淫雨霏霏时策马南来。最好去趟岳阳楼，把楼上的匾文吟读一遍。再回来时，你一定不再是原来的你，你会变得昂扬如松，潇洒如云，高尚如月下梅花，纯洁如空谷幽兰。

因为，岳阳楼，不单单是座木楼，它是中国文化的高楼，是中国人心中的圣地。

倾听梵音

一

暗淡了刀光剑影，远去了鼓角悲鸣。那个马背上的王朝，已越走越远，走入历史的尘烟中，成为渔樵酒后的闲话。

可是，一个个鲜活的面容留到了今天；一张张微笑的面庞让今人倾倒；一声声醉人的佛号在这片山水间缭绕回荡。

这，就是云冈。

这，就是云冈石窟。

黄尘古道没有湮没；烽火边城，也没有荒芜。因为，这儿有洁净的微笑，有淡然的性情，有平静的面庞，有无欲的眉眼。

一群石头在这儿活着，在这儿吟诵着，在这儿呼唤着。

一个传奇的民族远去了，消失在历史的烽火硝烟里，却留下一片传奇的风景、一个凝固的世界。

二

那是怎样的一群人啊？他们金戈铁马，驰骋沙场；他们号角连天，争霸中原；他们彪悍强劲，叱咤风云，称霸亚洲。

可是，他们又那么细腻，那么淡然，那么醉心于美。他们竟可以把铁血与柔情、杀伐与创造毫无违和地糅合在一起。

这个随历史远去的民族就是鲜卑族。

他们或执弓，或握矛，或挂剑问天，或逐鹿漠北，他们缔造了一个个传奇，孕育了一个个英雄——拓跋珪、拓跋焘、元宏，他们跺跺脚，便让岁月震颤；他们挺身而起，便让历史失色。

可是，他们觉得，这还不够，还不足以让后人倾倒。

于是，他们放弃马缰，放下刀剑，开始了另一种形式的征服。

在铁锤下，在钢钎下，在叮叮当当的响声里，一座山活了，一段历史变得风流潇洒起来，一段逝去的岁月终于映现在我们的眼前。

面对先人的伟绩，面对云冈，我们无不目瞪口呆。

三

云冈，是一片有生命的山，每一块石头都在微笑，仿佛张开唇就能吐出一个个珠圆玉润的字词，能讲出千年往事，能唱出声声佛号。

云冈，是一片能呼吸的山。来到这儿，盘腿而坐，你能听到云的低语、水的歌吟、风的呢喃、山的歌唱。

云冈，又是一片浸透佛性的山。佛在这儿合十诵经，菩萨在这儿颔眉合目，金刚力士在这儿力扛千钧。

这儿的每一棵树，都仿佛一棵菩提；每一朵花儿，都仿佛随着梵音飘落；每一声响动，都仿佛是晨钟暮鼓。

经过这片山的润泽，你的心会化成一缕云，在山间飞扬；你的灵魂会化为一朵花，在山头悄然开放；你的思绪会变成一片阳光，浮光掠影，轻如羽毛；你的整个人会变得空明洁净，纤尘不染。

看云冈石窟，是旅游，更是洗濯；是养眼，更是养心。

看云冈石窟，更是灵魂的救赎。

四

我去的那天，空中飘着细雨，淅淅沥沥，把大同古城洗刷一新，使得这个曾经的北魏都城如刚刚脱离母体的婴儿般清新宜人。

午后，雨停了，我们驱车直奔云冈石窟。此时，山净如洗，路净如拭，行人如蚁。沿途树木青翠欲滴，映入眼目，翠了衣襟——北国风景，殊胜南方。

走了一会儿，有人说，云冈石窟就要到了。

果然，不一会儿，一脉大山映入眼帘。

武周山的景色显得苍古，苍古如那个远去的王朝；所有的建筑都显得沉稳，沉稳如北方的山川；一切色调都显得凝重，凝重如庄严的历史。

这就是武周，佛的武周、艺术的武周、游人心中的圣地——武周。

武周距大同十几千米，古人记载："武周山在郡西北，东西数百里，南北五十里。山之南面，千仞壁立。"因为壁立千仞，所以洞窟佛像蔚为大观。

去过听朋友介绍，这儿的石窟依山开凿，绵延一千米。

一千米啊，一千米的艺术珍品，一千米的艺术画廊，一千米的微笑和呼吸，一千米的慈眉善目。一切都凝固了，一切又仿佛活着；一切都好像发生在昨天，一切又都将呈现在眼前。难怪当年，著名地理学家郦道元赞叹："凿石开山，因岩结构，真容巨壮，世法所稀，山堂水殿，烟寺相望。"

我们是幸运的，因为有大同。

我们是幸运的，因为有云冈石窟。

走到正门，面对高耸的双阙，面对黑重的柱子，心突然沉静下来，庄重起来，没有了笑语，没有了喧哗。

我们知道，一个盛大的佛国正在我们面前悄然展开。

五

正门内，沿山一水，款款缓缓地流淌着，如女孩的眉目，温婉清亮，盈盈一脉。水里有天光，有云影，还有鸟儿掠过时落下的几声清脆叫声。

水边的亭台楼阁随意点缀着，一丛一簇，营造出一片微型的江南风光。

如果说这水、这楼在风景中是小品，是绝句，是感情的铺垫，那么，云冈石窟则是故事，是小说，让感情起伏跌宕。

走到洞窟前，一洞一洞游览，人已失语，已感到语言的贫乏。面前的洞里，色彩在静静地流淌；线条在自由地挥洒；微笑在轻盈地绽放。

这样的微笑，使人感到亲切。

这样的轻盈，使人变得优雅。

佛国世界，在这儿重现，在这儿生动起来——佛像有的单掌向上，面容沉静，轻诵阿弥陀佛；有的盘腿无语，闭目而坐，大彻大悟；有的双手合十，脸带微笑，笑容淡定而纯净，如雨后的一片阳光，温暖人心。

洞窟内有乐伎。有的手之舞之，足之蹈之，衣带随风，眉目温婉，足踏祥云，正从壁画上缓缓而下；有的怀抱琵琶轻轻弹拨，叮铮之声珠圆玉润，好像颗颗都落在游客的耳中，露珠一样融入人的心里，让心一片明净，可倾心去听时，又不见了。

只有把生活过成诗情画意的人，才能创造出这样的艺术。只有把佛放在心中，把敬畏放在心中，把善良和美放在心中的人，才能开凿出这样的杰作。水泥楼中，玻璃窗内，红尘滚滚中，产生不了这样的风度、这样的潇洒、这样的典雅、这样的慈善，就如水泥地里长不出碧绿的草芽，开不出精致的花儿一样。

这，是古人的幸运，是今人的悲哀。

这，是暮鼓晨钟中，云冈石窟的终极昭示。

水色掩映的小镇

一

这是一座小镇。

镇很古老，黑瓦白墙，有陈年的戏楼，有雕花镂纹的关帝庙，有清朝的会馆，有曲曲折折的小巷——这儿是个微型江南。如果在雨天，打一把伞，走在小巷里，逢着一个丁香一样的女孩，那简直就是戴望舒诗中的意境。

镇很是典雅。

镇也很是古色古香。

可惜，小镇虽美，唯有一缺憾：缺水。

小镇人说，小镇先民来自江南，因为给水闹怕了，所以迁移于此，择一高处，建造了一个微型江南。可惜是一个有形无神、有巷无水的微型江南。

再好的地方，一旦缺水，就如女孩缺失了双眼，就如玉没有了莹润的光泽，就如花儿没有了芳香。

小镇的人吃水就打井，可仍打不出来水。小镇地势较高，哪儿来的水啊？老祖先远水果然远得很是彻底。要吃水，只有挑着担子，"叮咚""哐啷"地到千米之外的坡下去挑水，累得满脑门子汗，一边走一边咒天骂地的。

小镇因少了水而少了灵气，少了润泽之气。

小镇的老人就叹息说，有股水就好了，小镇就活了。

小镇的女孩们呢，坚决不待在小镇里，蓬头垢面的，脏死了。一个个身子一闪，嫁到了河那边——清凌凌的水，清凌凌的笑声，青葱般的身子，灌足了水一样。

小镇的小媳妇就埋怨，说自己命不好。惹得小镇汉子们发狠：如果有一股水，那些跑出去的女子再想回来，没门！

这只是阿Q式的自我安慰。

水，就在坡下哗哗地流着。去上游开山斩崖，也能引水。可谁有那么多的钱啊？这事，私人干不了，没那个实力。终于，国家出钱，派了水利局的人来。领头的是个白白净净的人，戴着眼镜，拿了一张图纸、一支笔，带着几个人东指指西比比，然后，在距小镇上游两千米的一处山崖一指："在这儿动工。"

于是，开山的炮声隆隆地响起来，推土机开来，铲车开来，汽车也开来了。

那简直就是一场战争啊，百年难遇。

石山炸开，石头运走，一溜的石坝砌成一条线，随着山势一曲一折地拐着。石坝一律灌上水泥浆——嘿，结实。大家乐呵呵地想，再大的水也不怕。

戴眼镜的人笑笑："不行，还得植柳。"

于是，一线柳扯来，一线绿扯来，一直扯到小镇，陪伴着一渠活水。

天啊，多粗的一股水啊，净净白白地滚涌而来，沿着那个大渠，银子一样铺展开来。刹那间，小镇迎来一片水声、一片天光水色。随着水流涌来的还有翠绿的笑声，不久，还有了一声接着一声的蛙声。

<h1 style="text-align:center">二</h1>

有了水，一切都好说了。

小镇一下子真成了青花瓷一样的江南，就连下雨也下得婉约，如一片绿色的薄烟。

小镇人会用水，用得很有诗意。

他们用一条条分渠把水引上，穿洞钻桥，进廊过户。水本来不大，偏要造一座座小小的拱桥，或者月亮桥。有的还在桥边堂而皇之立一座碑，上面刻了碑文：某年某月某日，此桥为谁所立。桥的名字，也取得很有诗意："观月桥""听水桥""杨波桥"……反正文绉绉的，都是从书中翻来的。

镇外人见了，说这是臭美，过去怎么不造桥？

镇上人眉毛一扬，过去没水嘛。

镇外人妒忌道，还是悠着点好。

小镇人不肯悠着点，水边又植树，一片绿色。绿色一浓，过去没有的声音都来了，蝉儿扯着嗓门儿可着劲儿地喊："好啊——好啊——"鸟儿更别说啦，一早一晚，呼呼啦啦一群。还有一种白羽长腿的鸟儿，像鹭鸶又不是鹭鸶，在水边缩着脖子往水里一啄一啄的，突然停住了，然后又啄起了自己的羽毛。

门外院内，花儿草儿也繁盛起来，泼泼洒洒一片。

一般院内有一片花草，一片竹林，一个小几子，几张凳子，几个人下着象棋。水就在旁边，沿着一条通过院墙的沟渠流进来，拐个弯，绕过竹林，又缓缓地流出去。这是为了啥啊？小镇人说，不为啥，就是看一眼水，心里舒坦。说罢，一脸得意地笑了。

在巷子里走，女孩的身影多了，高跟鞋声清亮亮地响着，连笑声也清亮多了。

巷子一曲一折的，石子路很干净。小镇人不用水泥硬化路，偏用石子路，好像是特意为了让女孩的高跟鞋磕上去能咯咯地响。我去采访时，走过一次小巷，那高跟鞋一下一下踩在石子上，也一下一下叩在我的心上。

我傻站着，望着一个个从身边走过的柳叶般的身影，有个女孩还回头"咯"地笑了一声，至今那笑声还在我的心里荡漾。

小巷深处，时时有一架绿藤悠闲地垂下来，灌满了浆的藤条和叶子充盈着生命的张力，又扭过身，一直扭上去。藤萝和绿叶里，是鸟儿们最好的家：有的一窝隐居在里面，大的叫，小的应，组成一个合唱团；有的一只站在枝条上，一晃一晃的，呷着嫩黄的嘴儿，"叽哩哩哩"也不知道在抒哪门子情。

身边就是渠，一条水闪着白亮亮的光，潺潺湲湲的。

三

小镇人爱水，水是他们的命根子，是他们的眼睛。因此，没人作践水。

夏日黄昏，小镇水边的椅子上总有人躺着，摇着蒲扇。头上有葡萄架扯起一片阴凉，有柳叶儿扯起一片绿波。

如果有孩子弄脏水，一定有人呵斥："不想喝水了，是不是？"

被呵斥的孩子会乖乖地离开水，躲到一边去耍。

树一绿，水就青。水里映着一片绿影，如梦幻一般。一尾尾瘦小如线的鱼儿在绿色里游动着，眨动着眼睛，淡淡的，如水墨画一样。它们一会儿把影子映在青苔上，一会儿一摆尾，又藏进青苔里去了。

有人要冲凉，总是一手拿了瓷盆，一手拿了毛巾，在水渠里舀了水，冲洗好后将水浇到树根下。怪了，这样做没谁要求，也没谁规定，一个人做，一镇人学，竟然普及开来。

至于淘米、洗菜、洗衣，一律在水边。手指上的水白亮亮的，碎钻似的。

有了水，小镇女人的脸色红润了，眉眼也润泽了，就连腰也柔了，也细了，一搓一扭的，麻花一样。

水面一年四季都是白的，青的，没有枯草，没有树叶，更别说别的垃圾。水就如白绫，在日光和月光下平铺着，一直铺向镇外，合为一股，滋润出一块肥田沃土来——这儿是小镇人的耕地。

有水后，小镇繁华起来。

小镇位于两省交界，有公路在此穿行，因此设下一个车站。

过去没水，没人来。现在水一来，人也就接二连三地来了——有小镇人所说的操着柔柔水音的下河人，也有语调生硬的上河人，更有坐车来这儿的远山远水的人。大家都揣着钱，找到这块风水宝地，盖房，开铺子，做生意。一条新街，随之出现在小镇上。一天到晚，这儿的音乐声、笑语声哗哗啦啦的，如一片茂草，四处蔓延。

小镇人也从中看到了商机。

他们的耕地也不种庄稼了，因为不来钱嘛。那种啥？全种上了蔬菜。一垄一垄，精耕细作。春夏，韭菜、茄子、西红柿自然生长，到了秋冬，就有大棚蔬菜。天旱了，镇内引出白亮亮的水，顺着垄沟一绕一弯，一畦菜就来了势头，就可着劲儿地长。

更多的是翠绿的荷叶，一片挨着一片，没有尽头。栽荷好啊，莲蓬一结，采下送到市上，马上一抢而空，纯天然的东西最受欢迎。至于莲藕，一节节有胳膊粗细，白生生的，送到饭馆——都是提前订好的，不然，没那个饭馆的份。莲池里的水也不能空着，养上鱼，搅动一池子活水，也搅活了一片希望。

守着小镇，守着一条水，一镇人悠闲地生活着。

四

水真的把一个镇子润活了，也润火了。

开山引水的地方叫寨湾。一条水奔流而下，扯出一匹瀑布，千变万化的，做尽了姿态。可惜不是唐代，不然的话，李白骑着他的白鹿来了，一张嘴就是一个品牌，也不会输于庐山瀑布。"诗仙"是永远不会来了，不过小镇的人另有办法。

在山垭口，人们修了一座亭子，专门请来开山的那个戴眼镜的专家取名。专家一推眼镜说："叫'听水亭'吧。"于是，就叫"听水亭"了。

那一条长堤叫"绿堤"，可惜没有断桥，没有白娘子和许仙雨里借伞的传说，没有黄梅戏水袖轻扬的婉转。不然的话，西湖又算什么？苏堤又算什么？堤坝的那边，是一片荷叶，在风中波荡起无边的绿色涟漪，一到六七月间，也算得"接天莲叶无穷碧，映日荷花别样红"了，于是取名"千亩莲塘"，让人一见，想起采莲女，想起"江南可采莲，莲叶何田田，鱼戏莲叶间"的情景，想起江南如水的民歌。

小镇的戏楼上，传来老人们拉二胡的咿呀声——是一个自乐班，唱不了京剧，也唱不了秦腔和黄梅戏，唱的是本地即将失传的剧种：汉剧二簧。声音时而高亢苍老，时而低沉柔韧。别小看了这个自乐班，竟然惊动了县里市里的专家，一群群挎着相机摇着折扇赶来，听了之后，长叹道："活化石啊，真正的活化石啊！"也不知说人是活化石，还是剧种是活化石。

总之，自乐班火了，上了电视，几个老头唱得口水拉得老长，还乐呵呵的。

镇外的同龄老头，一个个眼巴巴地望着，咂巴着没牙的嘴道："走了狗屎运啊，一条水一滋润，风水就来了。"说过了，叹口气，巴巴地找到镇里来，死掰活扯的，也要求加入自乐班，露上一手。一来二去，一个个会汉剧二簧的都赶来了。人多了，定了制度，一三五唱戏，二四六练功，绝不含糊，不许请假。

小镇也随着自乐班上了电视，一下子火起来。

旅游界的人见了瞪大眼问，这哪儿啊？这么古的镇，这么好的水，这么精美的建筑，干吗不搞旅游啊？

旅游，不是搞出来的，是旅游者哄起来的。

也不知何时，一群群背着背包的人出现在镇上，个个戴着小帽，自称"驴友"。"驴友"一波一波地来，下了车，叽叽喳喳的，有用相机拍古镇戏楼的，有拍山上古寺的，也有拍镇上的水和水边人家的。

小镇的人不知道什么是"驴友"，但很欢迎他们。因为，他们来了，小镇更火了，小镇的生意更火了，小镇的生活也火了。于是他们打出一幅广告："来微型小镇，看水色江南。"

一直以来，他们没忘记那条水，连广告上也带上那条水。因为，是那条水涵养了这座小镇，养活了这座小镇啊。

小镇人，懂得感恩。

赤壁那轮月

赤壁，永远是读书人心中的千千结，怎么解也解不开。

今年春季，去了黄冈，拜访一位友人，更主要的目的是了却心中一桩夙愿：观赏赤壁——看现在的，也看过去的；看今人的，也看古人的。有人说："天生赤壁，不过周郎一炬，苏子两游。"其实，无论有没有周郎一把火，三国那片烟都已经不重要了——赤壁必将不朽，因为在九百多年前的一个月夜，在一个"白露横江，水光接天"的晚上，大宋朝的一个谪客，长衣大袖，飘然而来。

从那时起，黄州赤壁，注定会翰墨流香。

从那夜起，黄州赤壁，注定会珠玑昭日月。

因为，它的雄奇、它的巉岩峭壁、它随风流逝的史事和一代大师心中的巨涛骇浪撞击在一起，碰撞出排山倒海的激情。那激情排空而来，呼啸而去，最后凝成一线，注入那支如椽大笔，化为一首词，化为两篇赋。这，是文学史上的一件盛事；这，更是华夏五千年文明史上的一件盛事。

凭此一点，黄州赤壁就是一轮月，文学史上的一轮明月。

游黄州赤壁，应在"七月既望"，因为，那时的赤壁"清风徐来，水波不兴"，一派娴静美好。当然，也可以在十月，看赤壁"江流有声，断岸千尺；山高月小，水落石出"。此时，与一二友人，相携而来，指点山水，倾听箫音，更有一种怀古之感。这里，是一处怀古的好地方。

　　我们来时，是烟花三月。

　　三月的赤壁，没有苏轼笔下的清寒，也没有那种"乱石穿空，惊涛拍岸，卷起千堆雪"的雄浑。水很清很静，汪汪一脉，如女子的眼波，一闪一闪的。水的那边，就是赤壁，并不高峻，也不惊险，可是山岩如血，如夕阳泼洒，如丹砂涂抹，一片赤色。驻足此处，一片刀枪叩击之声，一片金铁交鸣之声，顿时灌满双耳。

　　江山如画，一时多少豪杰！

　　苏子，也是豪杰之一。

　　山，有武赤壁，有文赤壁；人，有武豪杰，也有文豪杰。武豪杰，如韩信、周瑜，长剑所指，千人皆废，叱咤风云，"樯橹灰飞烟灭"。而文豪杰，泰山崩溃，面不改色；刀刃相向，不会低头。用苏子的话说，"卒然临之而不惊，无故加之而不怒"。这话说的是张良，又何尝不是苏子自己？功名利禄难夺其志，关押打击难改其心，放逐排挤难毁其节。

　　在文坛，苏轼顶天立地，给历代文人树立了楷模。

　　春天的赤壁，山青得让人心醉。那绿叶、那青藤、那竹叶仿佛吸尽天地灵气，吸尽日月精髓，绿得能冒汁儿，也映绿了人的眉眼。鸟儿的鸣叫从绿荫中传来，在繁华里零落，一声又一声，押着韵，带着平仄，珠圆玉韵，落地生香。

　　我们静静地走着，脚步声很轻很轻。

　　进了古城大门，一路行来，二赋堂、留仙阁、坡仙亭，亭台楼阁，一片古朴、一片厚重、一片庄严。这儿，简直是一片文章的山水、一片诗词的园林、一片书法的天地。人，此时不是置身于山水之间，而是在文学的殿堂徜徉，在文学史中穿行。

历史，如此眷顾黄州赤壁。

黄州赤壁，又是如此重视那次机遇。

是一种天缘巧合，造就了这处历史文化胜境。

在广场的竹林边，我们看到了他——黄州赤壁之魂：苏轼。他站在那儿，峨冠博带，衣衫随风，背负双手，一派飘逸，一派闲散，一派潇洒。九百多年了，他仍立在赤壁之上，笑对春风明月，笑看潮起潮落，笑望如画江山。

青山如昔日，楼阁仍风雨。

站在苏子雕塑前，我们徘徊往复，难以自已。

真应当感谢黄冈，感谢赤壁这片山水——在大宋朝万水千山都容不下文化的时候，在大宋朝举国上下都容不下那位绝世天才的时候，是黄冈，用赤壁这方水土，收容下一个从乌台监狱走来的犯人，安慰着一颗伤痕累累的心。从而，也产生了宋朝最优美的文章，在中国文学史上留下了辉煌的篇章。

苏轼，是人中明月。

黄州赤壁，则是中国文化的一轮皓皓之月。

东篱的菊花

那年，一个书生扔下官服，坐一只船，走入了山水田园中。中国的山水，刹那间活了，因为，花中君子，随之诞生了。

这书生，就是陶渊明。

这花，就是东篱的菊。

菊，是读书人的知己，是高尚道德的标志，是清正廉洁的象征。它，是君子。它，生长在陶家的东篱下，供在陶渊明的案头，陪着这位诗人读书，陪着这位诗人写诗，陪着这位诗人饮酒。

花，也因此清洁。

人，也因此高尚。

一个官，一个县令，在今天就是一个处级干部——拿着俸禄，有着精致的书屋，有着齐整的官服，有着一枚代表权力的大印，他可以坐在书屋里，坐在太师椅上，不管外面的凄风冷雨，不管外面的旱涝年馑，拿一本线装书，摇头晃脑，长声吟哦。

可是，他没有。

他不愿为五斗米折腰于上司，不愿与其他官员同流合污，于是，他脱了官袍，挂印而去。

故园有"草屋八九间"在等着他；故园有罗列堂前的桃李在等着他；故园草屋的东篱下，有一种幽香，清清淡淡，在吸引着他。

这香，就是菊的气息。

吸引他的，就是经霜愈洁的菊。

吸引他的，就是清新如雪，雅洁如霜的菊。

有人自誉"人淡如菊"。说这话的人，未必如菊。

这话用在陶渊明身上，却是最恰当不过的。一个人，为了尊严，将别人汲汲以求的功名弃之如蔽屡，这是一种纯洁；一个人，退出官场，归隐故园，"锄豆南山下，带月荷锄归"，没半分积蓄，这是一种清廉；一个人，回到乡下，微笑着走在村间小路上，和村民聊天，谈论收成，"相见无杂言，但道桑麻长"，这是一种高尚、一种伟大。

这些，菊都看见了，都见证着——见证着这位大文人，这位田园诗的大师，这个中国官场的君子是如何矫矫不群。

陶渊明，不只是一个隐士，更是一个清官，是污浊官场中的一朵菊花，从其辞官，就可窥见一斑——这彰显出他的洁身清修，他的洁净高蹈。这样的人，绝对不会让受贿行为玷污自己的人格，绝不会让金钱污染自己的清高。

心无红尘念，自会如明月。

陶渊明，是人中的明月。

而菊，则是花中的一轮明月。

菊以它的清淡滋润着文人的心；菊以它的高洁传递给文人一种素净的精神；菊以它的馨香润泽着几千年的华夏文明。

在春的喧嚣中，在夏的纷杂中，它从无踪迹。在一派清秋中，它走了出来。它用淡定拒绝了岁月的热烈；它用洁净显示了灵魂的纯净；它以傲霜之姿呈现出品格的坚定。在花中，唯它净如霜。

有时，走在路边，走在公园里或是河沿上，看到一星一点的白菊黄菊，不禁怀疑：它可能是天上落下的星星，是昨夜结下的霜花，是一颗颗一尘不染的露珠。

周敦颐说得好："菊，花之隐逸者也。"

史铸赞其曰："自甘孤处作孤芳。"

菊，和古代那位辞职归里的官员一样，独在东篱，独守着一份人格——不，一份花格、一份花的尊严和清白，从未改变。

又是秋来，又是菊花盛开时，每一个从汉文字中走过的人，每一个经陶渊明诗歌润泽过的人，请走出俗世的樊笼，走进精神世界的东篱下，去欣赏一会儿那朵菊花吧——此菊"开迟愈见凌霜操"，此花"虽枯不改香"。

看罢菊花，你真的会人淡如菊。

看罢菊花，你的心中，一定会有一朵菊花淡淡开放。

清明是一只虫

　　清明，是一只小小的虫子，它蛰伏在唐诗中，隐身在宋词里，躲藏在线装书中，潜伏在竖行文字中。任时间烟一把雾一把，随意飘洒，它静静潜藏着，不动，也不叫。可是，地气一暖，春分一到，轻轻的丝雨一飘，它就醒了。

　　这时，故园已是一片花草。一片鹅黄罩着小村，罩着河流，罩着石桥，罩着悠扬的山歌，罩着蜿蜒的小路，罩着回圈的牛羊，罩着黑瓦粉墙，也罩着一缕细细的炊烟。

　　杏花开了，一片薄薄的晕。

　　桃花开了，一片羞涩的红。

　　杏花开了，一片净净的白。

　　清明这只小小的虫子，和花儿一样，也有灵气，它开始弹腿了，开始振翅了，开始轻吟了。

　　它毛茸茸的长腿轻轻扫过我们的神经，扫过我们灵魂最柔弱的地方，让我们泪花溢出，难以自已；它薄薄的翅缓缓划过我们感情的湖面，漾起一丝丝波痕，让我们的心湖无法静止；它轻柔的叫声如内心发出的呼唤，箫音一样幽咽，雨丝一样缠绵，春草一样绵延不断，传入我们的心中，传入我们的灵魂深处，传入我们情感最隐秘的角落，让我们肠断魂销。

当年，杜牧走过江南，曾感觉到那种弹动。诗人一杯浊酒，一声长叹，醉倒在杏花村中，醉倒在牧童的短笛声中，清泪双流。

当年，高菊卿曾接触到那种振翅声，在夕阳下，在纸灰飘扬中，诗人独立苍茫，浩然长吟："纸灰飞作白蝴蝶，泪血染成红杜鹃。"泪染双睫，哽咽难语。

当年的高启，在官舍中曾听到过它的鸣叫，而脱下官服，高唱着"清明无客不思家"，雇只小船，挥手而去。孤帆远影，烟花三月，走入江南，走进漠漠细雨中，走向故乡的老屋，走向祖宗的坟茔。

今天的我们，同样的，也能听到它的歌吟，能感觉到它的存在。

因为，对于故园，我们永远是游子，永远是行者。

年轻的我们，志气豪放，潇洒如水，飘摇如云，打一把伞，扛一肩行李，挥别故乡，挥别母亲，走向远方，走向都市，甚至走向异国，走到父母做梦也追不到的地方。在滚滚红尘中，在水泥钢筋建筑中，我们忙碌着，奔波着，忘记了故乡，忘记了父母亲人，甚至忘记了祖宗坟茔，忘记了乡愁。

我们以为，我们坚硬如钢，高大如山；我们以为，我们只会流汗，不会流泪。

我们以为，我们的心，已经结起一层老茧，不再轻盈，也不再多情。

可是，昨夜的西窗下，日历刚翻动一页，翻到那个日子，在我们的灵魂深处，那只虫子轻轻一个动作就击中了我们，扯痛了我们的心，叩醒了我们的乡思。

我们这才想起我们是游子。

我们这才想起遥远的故园。

故乡、亲人、母亲，这时都会一一出现在我们面前，言笑晏晏，可亲可近。

我们站在异乡的土地上，站在天涯海角，顿时热泪盈眶，禁不住回过头去，望向遥远的故乡，望向落日尽头的家园。

我们看到了母亲，她站在村口，和别时一样，仍然遥望着我们。她还是那样白发飘扬，还是那样老眼昏花，甚至还是那么爱絮叨，让我们吃好，让我们穿好，让我们不要累着……多少年了，依然不改。她说，在那边不好混了，就回来。她还说，千里万里，不要忘记，娘在村口望着你。

一切都会改变，唯有母亲的关心不会改变。

一切都会消失，唯有母亲的叮咛不会消失。

即使阴阳两隔，即使一座冰冷的墓碑隔断两个世界，可是，永远也隔断不了思念和亲情。

山塬上的草，已经绿了一片；祖坟上的草，大概也蒙茸一片了吧？那儿埋着我们的祖父、我们的祖母。这时，他们一个个都来到我们的眼前：还是一脸慈祥，皱纹堆垒地微笑着；还是抬头看天低头挖地的辛劳模样；还是煮一个鸡蛋笑笑地送到我们手里。

——那时，我们可能很顽皮，可能不听话，在路上摔倒或从秋千上掉下来时祖母就会煮了鸡蛋让我们吃，然后拉着我们，站在村口一声一声往回叫魂："回来没？回来了——"那声音至今还在耳边回荡，可是祖母却早已佝偻着身子，走入了另一个世界。

祖父的锄头还靠在墙角，斗笠还挂在墙上，人却在一个雨天闭上了眼。

所有离去的亲人都好像未曾逝去，都好像出了一趟远门，每年清明，都会回来一次。

乐游园的草又青了，灞桥的烟柳又绿了，杏花村的细雨纷纷下起，牧童的短笛也不再悠扬。唐代的"小杜"已走远了，走入江南烟雨的水墨画中。

可是，唐代的清明雨依然没有停止，仍然飘飘洒洒，扯天漫地——不是落在空中，不是落在地上，也不是落在花草中，而是落在我们的心中，如烟似雾，润物无声。

那么，就让我们撑一把伞，冒着心里那漫天的细雨，沿着长满青苔的小路，悄悄回家去看看吧——去看一下父母，去看一眼祖宗，让他们在那边不至于太孤独了，不至于太为我们操心了。

回到故乡，问声，他们在那边都好吧？

回到故乡，告诉他们，我们一切平安，在外面混得不好，可也不坏。

祖宗坟前的草大概已青葱一片了吧，踩上去，鞋底一定是一层薄薄的轻柔，心里一定是一缕扯不断的思念。心底也自会漾出一层薄薄的水汽。

心，也会变得丰盈，变得多情。

是该回去了，真是该回去了。因为，坐在窗下，我们能清晰地感觉到，那只虫子在我们灵魂深处弹腿振翅，轻轻地叫了。

那只虫子啊，名叫清明，它没藏在别处，就藏在游子的心中，藏在中国人的心中。

在清风明月中徜徉

一

流觞曲水，一歌一咏，南朝人潇洒如诗。

木屐青衫，徜徉山水，南朝人飘逸如仙。

漫步斜阳，荡桨水上，看江南儿女湖上采莲，江边清唱……

总是羡慕南朝人，向往南朝的生活——向往那漫步山阴道上，看红叶缤纷的悠闲；向往那采菊东篱，南山在目的闲散；向往那挂帆江上，钟情故园莼菜鲈鱼的洒脱；向往那高卧松云，蔑视富贵的高洁。

我们，把生活过得烟熏火燎，毫无生机；南朝人，在阳春三月，杂花生树中，一觞一咏，极尽风流；我们，车轮滚滚，南北奔波，从不懈怠；南朝人，或乘油壁车缓缓驶过古道，或骑着马悠闲地沿途看柳；我们，远离故乡，远离故土，在红尘中拼搏；南朝人，坐一只小船，"舟遥遥以轻飏，风飘飘而吹衣"，走向故园，走向草庐，走向炊烟升起的老家。

我们，把生活过得粗疏；南朝人，把生活过得精细。我们，把生活过得一片灰白，毫无滋味；南朝人，把生活过得花红柳绿，一片明媚。

我们，把生活过成一团死水，春风也吹不起一丝涟漪；南朝人，把生活过成春江花月夜，波光荡漾。

和南朝人相比，我们应当感到悲哀，应当停下脚步，好好反思一下。

二

古诗说："南朝四百八十寺，多少楼台烟雨中。"每次读到这句，就非常神往，眼前，就出现南朝人的影子，甚至他们恬淡的微笑。他们长袍广袖，行走在江南山水中，在山林中悠游，在松林下徘徊；或者坐在山石楼台间，捏一把长箫，在细雨如烟中吹奏一曲，让满腔的幽思，让无边的孤独都飘洒在无边的烟雨中，和向晚的钟声一块儿慢慢飘远，飘到天的尽头。

南朝人爱美，更会享受生活的美。

他们酿酒——杏花村的酒，在他们的酒杯中香气飘逸，缭绕数百年不散——引来杜牧，寻找酒家，鞭马而去；喝醉了苏轼，多少年后，仍念念不忘"我是朱陈旧使君，劝农曾入杏花村"。

阳春三月，芳草如丝，绵绵延延铺向天边。他们会二三友人，结伴而行，去山上看花，来陌上踏青，告诉没来的朋友："绿草蔓如丝，杂树红英发。无论君不归，君归芳已歇。"珍惜美好风光，感慨时光易逝的情味充溢其间。

在如纱的春风中，在如丝的细雨里，在"柳叶带风转，桃花含雨开"，"水照柳初碧，烟含桃半红"的早春，在"叶密鸟飞碍，风轻花落迟"的夏季，在青花瓷一般的江南山水间，他们漫步，他们徘徊，他们细细地享受着生活给予的一切，享受着自然给予的一切，享受着稍纵即逝的美好。

他们欣赏着"喧鸟覆春洲，杂英满芳甸"的春景，醉心低首，不思归去；他们拿一本书，坐在西窗下，倾心于"榆柳荫后檐，桃李罗堂前"的浓绿阴凉，舒心畅意；他们在"日暮伯劳飞，风吹乌臼树"的深秋，也会沉醉，迷失。

离别虽凄凉，虽让人魂牵梦萦、肝肠寸断，可是，那分别的地方还有景色，在他们笔下都是那般美好，让人读后，眼前一亮。"积石如玉，列松如翠"，"开门白水，侧近桥梁"——后世的爱情诗中，再也没有了这么美好的离别景色。

三

南朝人善于享受美，是因为他们灵心独具，慧眼独识，善于发现美，善于在生活中，在山水中，在平日的细节中注意美。

因此，他们永远生活在美中，生活在清风明月中。

几百年后的李白，无限敬仰地说："解道澄江净如练，令人长忆谢玄晖。"历史的竹简上，翰墨流香，名句如云，只有谢朓的"余霞散成绮，澄江静如练"让一代"诗仙"低回婉转，赞叹不已——没有对生活的享受、观察，是难以做到的。

南朝人沉浸在生活中，做一根青葱的水草、一朵六月荷花的不只是谢朓一人。同是谢家人的谢灵运，更是以"池塘生春草，园柳变鸣禽"，"白云抱幽石，绿筱媚清涟"，工笔细刻，写尽山水姿态，因而，也毫无悬念地成为山水诗歌的开派大师，成为一座丰碑、一种风景。

南朝人，或独立水边，欣赏着采莲女子"棹动芙蓉落，船移白鹭飞。荷丝傍绕腕，菱角远牵衣"的动人美景；或走入田野，感受"晨兴理荒秽，带月荷锄归"的闲散。更多的，则是走入山林，与青山为伴，与白云为友，优哉游哉，聊以卒岁。

因此，南朝人的散文灵动如云，自然如水，明白如瀑，优美如雪映梅花、风吹水面，毫不凝滞，毫不做作。南朝人将自然的美呈现在纸上，呈现在案头，使后人读了，悠悠然走入"高峰入云，清流见底。两岸石壁，五色交辉。青林翠竹，四时俱备"的水墨画中，自己也仿佛成了画中人物，成了山中隐士、世外高人。

当南朝人走在"风烟俱净，天山共色"的江南山水间，当南朝人面对着"水皆缥碧，千丈见底。游鱼细石，直视无碍"的流水时，当南朝人仰望"负势竞上，互相轩邈，争高直指，千百成峰"的高山时，他们当然会"望峰息心"，会"窥谷忘反"。

因为，他们已经沉醉于他们发现的美中，一醉千年。

四

后世中，写南朝诗的，首推唐人和宋人。他们写出了南朝人的生活情态，道尽了对南朝景物的赞美、向往。

他们的诗歌，与其说是他们写的，不如说是南朝人帮他们创造的。

南朝人，一方面发现美，享受美；另一方面，他们更是积极地创造美，建设美，把他们的生活、他们的山水，装点成一首立体的诗歌、一幅流动的画面。

扬州的月下，二十四桥上，明月如霜，美人如月。一缕箫声翻空飘扬，袅娜一线，直上云霄，把月光逗起一丝丝涟漪，把流霜逗起几朵水花。这样的景色，杜牧看见了，这是他的福分，因为他生在南朝人之后——南朝人，用他们诗一般的艺术创造了诗一般的美景，供后来人欣赏。

镇江的"金陵津渡小山楼"，是他们建造的，不然，对面的两三星火，无论如何也难以进入后来者的眼中；京口的城砖，是他们垒起来的，北固楼也是他们修建的，否则，诗人纵使"把吴钩看了，阑干拍遍"，也写不出这千古名句。

没有南朝人细致的眼光，没有南朝人诗一般的生活，历史上，可能就没有了山水田园诗的兴盛，没有了吴带当风的美妙画卷，没有了梅子雨一般的黄梅调，没有了情意万千的《西洲曲》，没有了唐诗中很多美好的诗歌。

若是这样，杜牧可真得躲进杏花村，喝一杯清明酒，清泪直流了。

辛弃疾也唱不出"满眼风光北固楼"，只有让浩然长叹随长江之水滚滚东流。

五

弹指一挥，就是千年。南朝风韵，南朝人的生活方式已经渐去渐远，终于成了一方风景。

今天，身处红尘的我们，再也无法体会到南朝人的生活、南朝人的幸福、南朝人精神底层的诗意和浪漫潇洒了。

把生活精细化、艺术化、诗歌化，是南朝人孜孜以求的，是他们生活的实质，也是我们后来人所失去的，所缺乏的。

这，是南朝人的骄傲，是现代人的悲哀。

清明，一个民族的情结

　　清明不是节气，是一种情结——对游子来说。

　　阳历 4 月 5 日前后为清明节，古时又叫三月节。二十四个节气中，清明是节气，也是节日。说它是节气，是因为清明一到，气温升高，正是春耕春种的大好时节，故有"清明前后，种瓜种豆"，"植树造林，没过清明"的农谚。但最重要的是，清明作为节日的意义——这一天，每一个炎黄子孙，无论身在何方，无论是做官的还是平头百姓，都会赶到祖坟前，烧几陌纸钱，挂几串纸花，斟一杯酒，设几碟菜，寄托对先人的哀思。

　　根从哪儿来？血从哪儿流？追根溯祖。每一个有良心的人无不在这一天更加缅怀先祖，更加思念故土，产生更加浓烈的乡愁。古诗说得好，"清明无客不思家"，这是每一个华夏儿女的心声。就这一点而言，清明不是节气，是华夏儿女心中的一个结，一个乡思的情结。

清明的来历，一说是从大禹时代始。

上古时代，洪水泛滥，大地成为泽国，人家成为湖泊。大禹为了天下苍生舍身犯险，带领百姓开沟挖渠，排洪防险，疏通河道。经过十余年的努力，河水归道，百姓归田，牛羊归野。到了春天，百花盛开，青草萌芽，百鸟朝阳，万物一片生机，天地一片清明。多难兴邦。多难之后，百姓更容易感受到生活的美好，一个个走出屋子，来到户外，踏青、赏花——这，就叫踏青节。

其实，清明的活动，不光是踏青，还有放风筝、打秋千等，反正，都是非常雅致的小儿女游戏，让人感觉到春天的生机勃勃，感受到生活的美好和青春的快乐。

但文人此时则多以踏青为主。踏青，一来可以感受春天繁花照眼的美丽；二来，可以观看民情民俗，也可以寻找一些为文为诗的材料；有时，保不准，还会发生一些情爱韵事。

唐朝诗人崔护就是一例。一个清明节，崔护百无聊赖走到长安南郊，一边观看满眼桃花、无边绿草，一边称赏。在一个茅屋前，他遇到一个女孩，斜倚一树桃花，含情脉脉地望着他。接下来的故事，大家耳熟能详：崔护向女孩讨水喝，然后离去。第二年旧地重游时，不见了女孩，只有一树桃花，寂寞而嫣红。他挥笔在紧锁的门上写下一诗："去年今日此门中，人面桃花相映红。人面不知何处去，桃花依旧笑春风。"便惆怅离去。女孩外出回来看到诗后，就相思成病，快死了。女孩的父亲找到了崔护，女孩见到他竟活了过来，两人成了夫妻。这就是有名的典故"人面桃花"。

唐代人真是太会享受生活了，也太风流了。别人把生活变成了一种负担，而唐代人把生活变成了一首诗。

清明节，散发着浓浓的墨香。它不只是节日，简直就是一首诗的题目——不，简直就是一首诗。说到清明，我们就想起无数的故事、无数的传说、无数的诗文。

清明节被列入国家的非物质文化遗产名录，其名非虚。

二

清明节来历的另一说，则是始于春秋时期。

春秋时期，晋文公漂泊四方，有一个叫介子推的大臣，跟随着他。一次，晋文公肚子饿了，没什么可吃的，介子推就割下自己的大腿肉给晋文公充饥。回国后，介子推躲入绵山，不愿做官。为了逼迫他出来，晋文公采用放火烧山的办法，结果把他给烧死了。晋文公很伤心，就禁止人们在这天用火。这，就是寒食节的由来。

寒食节在踏青节前一天，两个节日紧挨，所以古人将它们合而为一，就成了现在的清明节。至于清明扫墓，唐朝时已经成为风俗，唐玄宗更是把扫墓用法令的形式规定下来，在开元二十年诏令天下"寒食上墓"。

但清明扫墓绝对不是起自唐朝。汉代就有史书记载，严延年只身在外做官，是一个干吏，治理地方以公正无私和勤奋著称。可是到了清明这一天，无论距离多么远，他也要放下手头的事情，回到故乡祭拜祖先，寄托哀思。

宋代的欧阳修更是有清明情结。他早年丧父，由母亲抚养成人。长大后，官至翰林学士。彼时，母亲已经离世，和父亲合葬在一块儿。每到清明节，一谈到父母，欧阳修都会泪流满面，难以自已。他退休后住在杭州，一日，他的学生苏轼去拜访他，正值清明，谈到祖坟时竟惹得老夫子泪眼婆娑道，祖坟不知怎样了，很想回去看看。让苏学士也大加感慨。

当然，也有清明祭祀不祭祖宗而是祭祀他人的——包括已逝去的仁人志士、烈士英雄。

梁启超在他的文集中，就讲述了一个故事。他儿时，在一个杨柳依依的清明节，他的祖父划一只小船，带上他们兄妹，不是去祭祀祖先，而是去了另一个地方——崖山。祖父恭恭敬敬地上了一炷香，告诉孙子们，南宋末年，这儿曾发生过一场海战，是宋元两军之战。最后，宋军战败，陆秀夫背着年幼的帝王跳海自杀。今天，就是来祭拜他们的。

这次祭祀对梁启超的影响非常大。几十年后，流亡日本的梁启超，在一个清明节又一次想起这件事情，把自己的儿女们叫来，讲述着少年时候的事情，而且高咏文天祥的《过零丁洋》，慷慨激昂。

这，已经不是祭祖，而是教育了——一种民族精神教育、一种激发对自己祖国和人民的感情的教育。

我们读书时，一到清明节，就会在老师的带领下，走近青山之间坟茔堆叠的烈士陵园。举着花圈，去祭扫，听一个头发花白的老人讲烈士的故事。讲到激昂时，老人泪水横流，我们也热泪盈眶。时间一转眼已经过去十多年，老人怕是已经作古了吧。不知谁在给后来的孩子们讲这些故事，不知现在的孩子们是否有当年的感受。

越是生活好了，越是要让他们产生一种感恩心理——对先烈，对祖先，对故乡，对国家。就这一方面说，把寒食节和踏青节合二为一，恰好。

三

在民间，清明已经不单是为了祭祖，更是寻根、寻亲的一种直接表达方式。在陕西农村，有"清明会"这个仪式。仪式很简单，就是一个家族的人在清明这天到指定的一家聚会。大家在一块儿喝酒、划拳，并借此机会，互相介绍自己叫什么，在哪儿住，是谁的后代。然后，族长拿出族谱，登记上每个人的名字，也就是承认这些人是本户族的一员。吃完饭后，大家一块儿到先人的墓前，叩头、烧纸，还要给祖坟添几锹土。然后，各自离去。

这种祭祖就是寻根，就是寻找自己血脉的源头。小到一个人，大到一个群体，如果忘记了自己的根、自己的源头，这，说小点叫忘祖；说大点叫背叛。

中央电视台某年清明节在台湾录制过一组令人感动的影像资料：在著名的金宝山墓地，墓碑林立，碑石上面刻着云南、陕西、南京这些熟悉的地名。一群群台湾居民在恭恭敬敬地对着先人的墓碑叩头、上香。祭祀完毕，人们开始续写族谱，有的甚至还把族谱刻成光盘，以便保留。尤其一位姓庄的先生，他的族谱上面的辈分竟上溯到了唐代，堪称奇观。一道海峡，能隔断地域，可割不断几千年的血肉相连。

清明认祖寻根，不仅仅限于华夏民族，也包括受汉文化影响的地域。

有报道说，元末农民军起义将领明玉珍的后代们曾专门从韩国来到重庆，寻根认祖，祭祀祖宗。这就是很好的一例。

明玉珍，今湖北省随州市人。1361 年 7 月，明玉珍自称陇蜀王，随后在重庆称帝，建立大夏政权。1366 年，他因病去世，其子明升继位。明玉珍死后就葬在江北城，墓地名"睿陵"。朱元璋建立明朝之后，举兵南下，明升归顺，而明玉珍的另一个儿子明重则前往高丽。

转眼几百年过去了，这几百年隔断的是地域，是时空，却没有隔断血脉，没有割断亲情。

这种美好的人性、这种浓郁的亲情，让人叹为观止。

历史上最大的一次寻根活动莫过于抗日战争期间华夏儿女对黄帝的公祭。

人文初祖黄帝，缔造了华夏民族，使得我们这个黄皮肤、黑眼珠的民族屹立于世界的东方。他是我们的根，是我们文明的源头。1937 年，日寇犯境，烽火连天，中华民族到了最危险的时候——要生存，要延续种族。"兄弟阋于墙，而外御其侮"，国共两党尽管政见不同，但没有忘记彼此乃同根所生，血脉相连。他们带着满身征尘，满身硝烟，来到桥山黄帝陵前，面对祖先，握手言和，共御外侮，抗敌保国。中国历史见证了这次伟大的祭祀，中国人民见证了这次伟大的祭祀，桥山也见证了这次伟大的祭祀。

是的，无论政见怎么不同，无论隔阂多么深，但是，清明节，到桥山去看看吧。桥山会告诉你，你是从哪儿来的，你的血是什么样的。毕竟血浓于水啊，"打仗亲兄弟，上阵父子兵"，话虽不够含蓄，却实在。

四

祖坟之所在，也就是故乡之所在，即是根之所在。所以，说到底，清明情结的深层内涵，是一种乡愁，是一种对父母、对故土的思念，无论人的思想是高尚或者不高尚的，情感上，都概莫能外。

宋之问是初唐诗人，以诗歌清丽受知于武后，掌管官员典选，文采风流，春风得意。后任唐朝学士之职，以文学言语被天子顾问，并在武后晚年先后转任尚书监丞、左奉宸内供奉。但不久，张柬之等人以兵谏逼武后退位，宋之问也遭到贬谪。次年春天，他悄悄逃跑回去，后来探知自己的友人张仲之等人准备诛杀武三思，忙向武三思告密，并由此担任鸿胪主簿。710年6月，临海王李隆基诛杀韦后和安乐公主，拥立唐睿宗，将宋之问诏流钦州。712年8月，唐玄宗继位，宋之问被赐死。

宋之问在政治上没有什么建树，甚至有点卑鄙。但是，另一方面他是诗人，具有浓厚的思乡之情。在回乡的途中，他写下了著名的词句："近乡情更怯，不敢问来人。"同样，在被贬谪的途中，适逢清明节，他情难自已，写下了《途中寒食》："马上逢寒食，途中属暮春。可怜江浦望，不见洛桥人。北极怀明主，南溟作逐臣。故园肠断处，日夜柳条新。"这，和后来的汪精卫相比，实在高出了不知多少——一个人，无论怎么不高尚，但只要他还有乡愁，还有故国之思，他就不会低贱到什么地方。

人们对逝去的亲人断肠的思念之情里面都包含着浓浓的乡愁；而浓浓的乡愁中又包含着对已逝亲人的思念。旷达潇洒如苏轼，四海为家，笑谈风云，但内心深处仍然摆脱不了乡愁。据说，在贬谪到黄州的一个清明节的前夜，他做了个梦，梦中，回到了老家眉山，在自己老屋的窗下，已故的妻子王弗一如十年以前的样子，在那儿梳妆，见了他，回过头，忧伤满面地问他："让你说话注意分寸，你不注意，让人很是担忧。"说完，泪眼盈盈，消失在月下。苏轼醒来，难以自已，写下了《江城子》："十年生死两茫茫，不思量，自难忘。千里孤坟，无处话凄凉。纵使相逢应不识，尘满面，鬓如霜。夜来幽梦忽还乡，小轩窗，正梳妆。相顾无言，惟有泪千行。料得年年断肠处，明月夜，短松冈。"词里有思妻之情，有自怜之情，更有对故乡山水的无限思念。

明初"吴中四杰"之一的高启，诗歌奔放豪迈，有李白之风。他的乡愁十分浓，以至于在所有的人都削尖脑袋向官场里钻的时候，他却一再向朱元璋请求辞官归里，并因此遭到朱元璋记恨，最终被腰斩。高启在南京任职的一天，适逢清明，他送一个朋友归故乡，想到自己有家不能回，祖先的坟茔无人祭奠，写了一首《送陈秀才还沙上省墓》："满衣血泪与尘埃，乱后还乡亦可哀。风雨梨花寒食过，几家坟上子孙来？"诗歌里，充满了一种无法排遣的乡愁，让人流泪。

故乡在何方，祖坟在何方，思念就在何方。无时无刻，无不放在心上。

写罢此文，我也忍不住热泪盈眶，祖宗坟庐所在之处有一棵梨树，年年清明，梨花如雪。今年有倒春寒，不知梨花开了没有，甚念。